KB112084

호감받고 성공더!

# 호감 받고 성공 더! 4

인기영 장편소설

초판 1쇄 찍은 날 § 2017년 6월 19일
초판 1쇄 펴낸 날 § 2017년 6월 26일

지은이 § 인기영
펴낸이 § 서경석

편집책임 § 김경민

펴낸곳 § 도서출판 청어람
등록번호 § 제387-1999-000006호
등록일자 § 1999. 5. 31
어람번호 § 제1-2718호

주소 § 경기도 부천시 부일로 483번길 40 서경B/D 3F (우) 14640
전화 § 032-656-4452  팩스 § 032-656-4453
http://www.chungeoram.com
E-mail § chungeorambook@daum.net

ⓒ 인기영, 2017

ISBN 979-11-04-91368-6 04810
ISBN 979-11-04-91303-7 (세트)

FUSION FANTASTIC STORY

인기영 장편소설

호감 받고
성공 더!

4

# Contents

# Liking 37
## 초상화를 그리는 경비원

삼성동의 한 횡단보도 앞은 난리가 나 있었다.

바닥에 엎어진 바이크와 비틀거리며 일어서는 배달원으로 인해 차선 하나가 못 쓰게 됐다.

자연히 도로는 정체됐다.

가까스로 노인을 구해낸 김두찬은 까져서 쓰린 몸을 돌볼 생각도 않고 노인의 안전부터 살폈다.

노인은 찰나지간 벌어진 일에 정신이 혼미했다.

사리 분별을 제대로 할 수가 없었다.

이러다가 그대로 정신 줄을 놓는 게 아닌가 싶었다.

그런데 노인의 귀에 기차 화통을 삶아 먹은 것 같은 목소리가 울려 퍼졌다.

"어? 영감님!"

노인은 그 목소리를 듣자마자 익숙함을 느꼈다.

갈팡질팡하던 정신이 겨우 중심을 잡았다.

어지럽던 시선을 정리하고서 고개를 돌리니 목소리만큼이나 익숙한 얼굴이 노인을 바라보고 있었다.

"조선호 영감님 맞으시죠?"

조선호라 불린 노인의 머릿속에서 자신을 알은체하는 사내의 이름과 음성이 매치되었다.

그러자 비로소 그가 누구인지 떠올랐다.

"음… 주… 피디?"

"네! 저 주정군입니다! 아니, 어떻게 이렇게 만납니까? 아니, 그건 그렇고 진짜 큰일 나실 뻔하셨어요."

"그러니까… 이게 지금 뭐가 어찌 된 건지……."

조선호는 주정군을 반길 여유가 없었다.

아직도 심장이 쿵쾅거리고 숨이 가쁘게 들락거렸다.

"영감님! 이 친구가 영감님 살렸어요!"

주정군이 조선호를 부축하고 선 김두찬을 툭 쳤다.

그제야 조선호의 눈에도 김두찬의 모습이 제대로 들어왔다.

"아이고… 청년이 나를……?"

"어르신, 괜찮으세요?"

김두찬이 걱정 가득한 시선으로 물었다.

그 진심이 조선호의 가슴에 고스란히 와닿았다.

동시에 바이크가 다가오던 광경과 누군가 자신을 감싸 안았던 것, 하늘을 붕 날았던 느낌, 쿵! 하는 소리가 들렸음에도 크지 않았던 충격 같은 것들이 차례대로 떠올랐다.

"어이쿠! 내 정신 좀 봐. 이 늙은이 목숨 구해준 은인도 몰라보고. 고마워요, 총각. 덕분에 살았어요."

조선호가 김두찬의 손을 덥석 잡았다. 주정군 피디와는 구면이었지만 그와는 초면이었기에 황망한 와중에도 예의를 잃지 않았는데, 그것은 그의 직업과도 연관이 있었다.

"어르신, 말씀 편하게……."

연세 지긋한 노인이 존댓말을 하니 어색해진 김두찬이 공손히 말씀을 낮추라고 하려던 그때, 조선호의 호감도가 78까지 솟구쳤다.

'어?'

단 한 번도 겪어보지 못한 경험에 김두찬이 말하다 말고 눈을 크게 떴다.

그런데 다음 순간 눈앞에 나타난 메시지는 의아함을 자아내게 만들었다.


[호감도를 43포인트 얻었습니다. 보너스 포인트를 분배해 주세요.]

'응? 뭐야? 78이 올랐는데 43포인트라니?'

―다급해서 잘 못 보셨던 모양인데 두찬 님에 대한 노인분의 호감도는 0이 아니라 35였답니다.

'어라? 어째서? 아……'

김두찬은 물음을 던지자마자 스스로 답을 찾아냈다.

'나는 모르는 사람들이지만 그들은 나를 알 수도 있어.'

예전이었다면 모르겠으나 지금의 김두찬은 여러 매스컴에 노출되었다.

비현실 친오빠, 무반주 버스킹 영상이 인튜브에 수십 개나 올라왔다.

뷰티미의 홈페이지에는 김두찬이 피팅 모델로 찍은 의류 사진이 계속해서 업데이트된다.

SNS에도 꾸준히 사람들이 들어오고, 사진을 퍼 나른다.

게다가 어제는 지상파 방송까지 출연했다.

조선호가 김두찬을 접할 수 있는 경로는 얼마든지 있었다.

하지만 잘생긴 남자를 좋아하는 어린 여학생들도 아니고 호감도가 35까지 올라가 있었다는 게 조금 이상했다.

호감도가 78까지 올라간 건 생명의 은인이니 그럴 수 있었다.

'이유가 뭐지?'

궁금해하는 김두찬의 얼굴을 뚫어지게 바라보던 조선호가

물었다.

"저기 혹시… 그 김두찬 군 아니신가?"

"아… 네, 맞아요. 절 아세요?"

"아이고! 진짜 김두찬 군인가요?"

"네."

"내가 이 청년을 여기서 이렇게 만날 줄은 몰랐네요. 정말 몰랐어."

조선호가 김두찬의 손을 잡고 마구 흔들었다.

김두찬은 어리둥절해서 그저 눈만 끔뻑였다.

한편 주변에서 이 상황을 지켜보던 구경꾼들의 호감도가 일제히 상승했다.

자신의 몸을 던져 노인을 구해낸 청년을 보았으니 어찌 호감도가 상승하지 않겠는가.

게다가 대단한 미남이었다.

몇몇 사람들은 그가 김두찬이라는 것까지 알아봤다.

여러 가지 상승효과로 호감도가 제법 올랐고 김두찬은 148포인트를 흡수할 수 있었다.

"아니, 영감님. 두찬 씨를 알아요?"

"알다마다. 이 청년 그… 노래 부르는 영상 돌 때부터 내가 어마어마하게 그렸는데."

"네? 그리다니요?"

김두찬의 물음에 주정군이 씩 웃었다.

"우리 영감님이 또 한 그림 하시거든."

그때였다.

배달원이 넘어진 바이크를 세워서 꺼진 시동을 다시 걸어보고는 안도의 한숨을 내쉬었다.

백미러 하나가 부러지고 여기저기 기스가 났으나 상태는 멀쩡했다.

배달원은 바이크를 인도와 최대한 가깝게 세워놓은 뒤, 헬멧을 벗고서 김두찬 일행에게 다가왔다.

"저기… 할아버지, 괜찮으세요?"

조선호는 배달원을 보고서 걱정스레 되물었다.

"나는 괜찮은데 그쪽은 괜찮아요? 오토바이도 망가지고… 몸도 좀 상했을 테고. 피해가 이만저만이 아닌 것 같은데. 병원부터 가봐야 하는 거 아니에요?"

"아유, 쌩쌩합니다. 저보다는 할아버지가 걱정이에요. 병원 가시겠어요? 제가 모시고 갈게요."

"나도 멀쩡해요. 아무 데도 다치지 않았어요."

"그건 당장은 모르는 거예요. 나중에 후유증 올 수도 있어요. 저랑 같이 병원 가요, 할아버지. 어쨌든 제가 잘못한 거니까, 모셔다 드릴게요. 어휴, 배달이 급해서 너무 당기는 바람에……"

"어떡해요? 배달 가다가 그렇게 사고 냈는데 잘리는 거 아니에요?"

"사장님이 아버지라 그럴 일은 없어요. 호적이 파이면 파였지. 저, 일단 전화부터 한 통화 할게요. 아버지한테 말씀드리고 같이 병원 가봐요, 할아버지."

배달원이 스마트폰을 꺼내 사고 보고를 하려는데 마침 벨이 시끄럽게 울렸다.

"윽, 벌써부터 난리 나셨네. 배달 조금만 늦어지면 이런다니까요."

배달원이 전화를 받으려 할 때 조선호가 넌지시 물었다.

"많이 바빠 보이는데 그렇게 신경 쓰이면 연락처를 하나 주고 가요. 내가 정말 어디 아프거나 하면 연락할게요."

"그래도 되겠어요? 그냥 지금 저랑 같이 병원 가시는 게……."

"정말로 괜찮아요."

조선호의 말에 난감해하던 배달원이 어쩔 수 없이 명함을 꺼내 조선호와 김두찬에게 건네줬다.

"요새 배달원은 명함도 파주나요?"

"말씀드렸듯이 아버지가 사장님이라서요. 거기 어디 문제 있으시면 꼭 연락 주세요. 꼭이요!"

그가 조선호와 김두찬에게 당부하고서 전화를 받았다.

"아버지! 저 지금 사고가 나는 바람에……."

짧게 보고하고서 욕을 진탕 얻어먹은 배달원은 바쁘게 바이크를 몰아 현장을 떠났다.

구경꾼 중 누군가는 신고를 해야 하는 거 아니냐고 말했지만, 당사자들끼리 정리를 한 상황에서 그러기도 애매했다.

"일단 자리를 좀 옮길까요?"

주변 상황이 너무 어수선해서 송하연이 제안했다.

김두찬은 학교 가는 길이 급했지만 일단 그 자리를 피해 일행과 함께 근처 카페로 향했다.

걸음을 옮기며 아까 받은 명함을 보니 거기엔 '장가네 국밥'이라는 상호명과 '장재민'이라는 배달원의 이름, 그리고 가게 전화번호와 스마트폰 번호가 적혀 있었다.

*　　　*　　　*

"진짜 이게 얼마만입니까, 영감님. 게다가 이런 식으로 다시 뵙게 될 줄은 꿈에도 몰랐습니다."

"그거야 나도 몰랐지. 허허허."

"아, 두찬 씨. 송 작가. 여기 영감님이 누구시냐면, 내가 다큐 찍을 때 촬영했던 분이거든."

"다큐도 하셨었어요?"

"주 선배 원래 다큐 전문이었어."

김두찬의 물음에 황성주 감독이 대답했다.

"그때 '하루의 동행'이라는 다큐를 찍을 때였어. 작은 사연이 있는 분들 하루 밀착 촬영해서 1회분으로 내보내는 잔잔

한 다큐였지. 그때 우리 조선호 영감님을 촬영했었거든."

"아직도 그때만 생각하면 부끄러워서 원."

조선호가 허허 웃으며 음료수를 한 모금 마셨다.

"제목이 아마… 초상화 그리는 경비원이었죠?"

"그랬지. 내가 정년을 코앞에 두고 있었으니까 벌써 5년 전이야."

"벌써 그렇게 됐네요. 아무튼 두찬 씨. 우리 영감님이 당시에도 경비 일 하시면서 틈틈이 초상화를 그리셨거든. 유명한 탤런트부터 시작해서 아이돌 가수, 외국 배우까지 뭐 자기 마음에 드는 얼굴이 눈에 띄었다 하면 무조건 따라 그리셨다고. 그림을 배우신 적이 없는데도 어마어마하게 잘 그리셔."

"잘 그리기는. 그냥 취미 삼아 그림쟁이 흉내 내는 수준이지."

"영감님이 조금만 더 그 바닥에 발 들여놓았어도 지금 대단했을 겁니다."

"허허, 빈말이라도 고맙네. 아무튼 두찬 청년도 내가 방송에서 보고 너무 잘생겨서 많이 따라 그렸거든. 그러다 보니까 이렇게 직접 보는 건 처음인데도 남 같지가 않아."

두 사람의 대화를 듣고 난 다음에야 김두찬은 돌아가는 상황을 이해할 수 있었다.

'그래서 호감도가 높았구나. 그러고 보니 존댓말을 하시는 것도 경비원 일을 하다 보니 입에 밴 말투라서 그랬던 것일

테고.'

조선호는 김두찬의 초상화를 그리면서 지속적으로 호감도가 올라갔던 것이다.

게다가 지금 그의 호감도는 다시 86까지 상승해 있었다.

자신이 텔레비전으로만 보고 그렸던 사람이 목숨을 구해준 은인으로 나타나니 호감도가 절로 오를 수밖에 없었다.

"정말 이런 인연이 또 어디 있겠느냐고. 내 목숨 구해준 두찬 씨 덕분에 우리 주 감독도 다시 만나고 말이야."

"정말 신기합니다, 영감님!"

김두찬도 참 신기하다고 느꼈다.

이게 어디 보통 우연인가?

"그런데 지금 찍는 건 그건가? 진주 찾기."

"맞습니다."

"저번 주에 워낙 궁금하게 끝나서 빨리 다음 주 월요일이 왔으면 했는데 당사자가 나타나 버렸네?"

"그러게요! 하하."

"오늘 두찬 청년이 나 구해준 장면은 방송 가능한가?"

"그럴 생각인데 불편하세요?"

김두찬이 몸을 날려 노인을 구한 장면이 전파를 타면 이건 또 한 번 대박을 칠 수 있었다.

시사 교양 프로그램에서 절대 나올 수 없는 그림이기 때문이다.

게다가 연출이 아닌 실제 상황이다.

모든 과정은 황성주 카메라 감독이 고스란히 담아냈다.

주정군은 혹시나 영강님이 방송을 하지 말아줬으면 할까 봐 불안했다.

하지만 기우였다.

"아니야. 내가 불편할 게 뭐가 있어? 젊은 청년이 대단한 선행을 한 건데 꼭 방송을 타야지."

"제가 멋지게 편집해서 내보내겠습니다."

그때 김두찬의 스마트폰으로 메시지 하나가 왔다.

장재덕이었다.

**―두찬아. 강의 시작했는데 왜 안 와?**

메시지를 읽은 김두찬이 자리에서 벌떡 일어났다.

그러자 모든 이의 시선이 그에게 집중되었다.

"아, 저… 강의에 늦어서 가봐야 할 것 같아요."

"아, 그렇지! 깜빡했네. 어르신 어쩌죠? 맘 같아서는 몇 시간 더 엉덩이 붙이고 싶은데 지금 그럴 상황이 안 되네요."

"아니야, 다들 그만 가봐요. 바쁜 사람들 붙잡아두면 안 되지. 두찬 군. 보잘것없는 늙은이 목숨 구해줘서, 정말 고마워요."

"아니에요, 할아버지."

"내 꼭 보답을 좀 하고 싶은데. 오늘 학교 끝나면 잠깐 날 좀 보러오면 안 될까요? 아니면 내가 보러 갈게요."

"제가 갈게요."

"그래줄래요?"

"네. 그리고 말씀 편하게 하세요, 어르신."

"그건 좀 더 친해지고 나서 해요. 지금은 난 이게 편해요. 주 피디. 내 연락처 아직 가지고 있을까?"

"전 한 번 받은 연락처 절대로 안 지웁니다."

"그럼 이따 연락 좀 줘. 계속 같이 동행할 거지?"

"그럼요. 연락드릴게요."

"그래요. 그럼 조심히들 가봐요."

김두찬 일행은 서둘러서 카페를 나왔다.

학교로 급한 발을 놀리는 김두찬을 따라가며 주정군 피디는 파이팅 포즈를 취했다.

'각본 없는 드라마가 써지는구나!'

김두찬이 정말 복덩이었다.

송하연과 황성주 역시 같은 생각을 하고 있었다.

세 사람의 호감도가 동시에 상승했다.

갑자기 호감도가 올랐다는 메시지를 받은 김두찬이 고개를 돌렸다.

그의 시야에 송하연, 황성주, 주정군의 호감도가 차례대로 들어왔다.

'90, 94, 87.'

김두찬을 계속해서 카메라에 담는 황성주의 호감도가 가장 높았고, 그다음이 송하연, 제일 낮은 게 주정군이었다.

'이거 어쩌면…….'

방송이 끝날 때쯤엔 세 사람의 능력을 모두 익힐 수 있지 않을까 하는 생각이 드는 김두찬이었다.

*　　　　*　　　　*

김두찬은 강의가 시작된 지 20분이 흐른 뒤에야 강의실에 들어섰다.

한데 평소였으면 뭐라고 한마디 했을 구모니카 교수님이 미소로 김두찬을 맞아주었다.

김두찬을 특별 대우 해주는 게 아니라, 카메라를 의식한 덕분이었다.

그녀도 여자인지라 지상파 방송에 화내는 모습보다는 웃는 모습이 더 나왔으면 했다.

김두찬은 빈자리를 찾다가 장재덕의 옆에 앉았다.

그러자 장재덕이 소곤거리며 말을 건넸다.

"너 왜 늦었어?"

"아, 일이 좀 있었어."

"무슨 일?"

"나중에 얘기해 줄게."

"너 이러면 나 궁금해서 강의에 집중 못 해."

"아니, 그게… 횡단보도 건너다가 오토바이 사고가 날 뻔했
거든."

"진짜?"

"응."

"오늘 무슨 날인가?"

"왜?"

"아니. 우리 형도 배달하다가 큰일 날 뻔했대."

"어? 너 형 있었어?"

"말 안 했냐?"

김두찬은 장재덕에게 가족사에 대한 이야기를 전혀 들어본
적이 없다.

그저 맛집에 같이 가서 음식에 대한 예찬만 들어왔을 뿐.

그나마 들었던 것이 있다면 엄마를 닮아 자기도 손맛이 제
법 있다는 짤막한 얘기가 전부였다.

"가족 얘기는 한 번도 한 적 없었어."

"그랬어? 나 형 한 명 있어."

"아~ 배달 일 하셔? 알바?"

"아니, 부모님 밑에서 이것저것 배우고 있어. 허드렛일부터
배달도 하고 바쁠 때는 주방에서 설거지도 하고, 홀에서 서빙
도 하고 그래."

"부모님이 식당 하시니?"

"응. 국밥집. 난 울 엄마랑 아빠가 음식 장사해서 그런 쪽은

딱 질색이었거든. 근데 요리가 점점 좋아져서 어쩌나 싶다."

자신이 요리에 취미가 있다는 걸 이 학교에 입학하고 나서 알게 되었다는 말은 저번에도 한 번 했었다.

한데 지금 김두찬에게는 그런 장재덕의 넋두리가 들리지 않았다.

김두찬이 아까 배달원에게서 받은 명함을 꺼내 장재덕에게 내밀었다.

"혹시 이게… 너희 가게 명함이야?"

"어? 맞아."

"장재민이 친형이고?"

"어. 너 이거 어디서 났어?"

"헐."

우연도 이런 우연이 또 없었다.

잘 가, 쓰레기

화요일은 아침을 먹지 않으면 밥 먹을 시간이 없다.

11시부터 5시 40분까지 모든 강의가 다닥다닥 붙어 있기 때문이다.

첫 번째 강의가 끝나고 잠깐 짬이 나는 공강 시간.

김두찬은 장재덕과 매점으로 향했다.

지금 빵이라도 먹어두지 않으면 계속해서 허기와 싸워야 한다.

그런 둘의 모습을 촬영팀이 따라붙어 열심히 카메라에 담았다.

"그러니까 너희 집이 이 동네에서 50년 동안 국밥집을 해왔다고?"

김두찬이 빵과 음료수를 고르며 물었다.

"응. 할아버지 때부터. 근데 어떻게 이런 일이 다 있냐. 우리 형이 들이받을 뻔한 할아버지를 구해준 게 너라니."

장재덕이 대답하며 소보로 빵과 바나나 우유를 집었다.

"나도 신기해. 50년이면 2대째야?"

"한 10년 정도 지나면 3대째 되겠지? 형이 물려받을 거니까. 계산이요."

장재덕이 카드를 내밀었다.

그에 김두찬이 장재덕을 밀어내고 현금을 꺼냈다.

"내가 계산할게."

"진짜? 오~ 잘 먹을게."

"네가 사준 게 얼만데."

두 사람은 빵을 뜯으며 강의실로 향했다.

그러면서 하던 얘기를 이어나갔다.

"근데 50년 동안 이어진 국밥집이면 제법 유명하겠네?"

"나름 맛집으로 소문난 곳이지. 손님도 상당하고. 그런데 웃기는 게 주방에 있는 건 아버지가 아니라 엄마야."

"왜?"

"할아버지가 만든 육수 맛을 가르쳐 줘도 재현 못 한다나 봐. 근데 엄마는 기가 막히게 따라 하거든. 말했지? 내 손맛이 엄마 닮았다고."

"응. 그랬었지."

"가게 이름은 장가네 국밥인데 실상은 진가네 국밥이지. 우리 어머니 진씨거든."

장재덕은 그 이후에도 자기네 형은 다행히 엄마 실력을 물려받았다느니, 이번에 네가 우리 형을 살린 거라느니 하는 말을 늘어놓았다.

그리고서는 어제는 왜 학교에 안 나온 것이냐, 몽중인은 책으로 출간할 생각이냐, 요즘 새로운 맛집을 발견했는데 언제 시간이 되느냐는 등 여러 가지를 물어봤다.

김두찬은 그 물음에 하나하나 자세히 대답해 줬고 그러는 사이 강의실에 도착했다.

마침 강의가 막 시작되려는 찰나였다.

첫 교시에 이어 두 번째 교시도 담당은 구모니카 교수였다.

"재덕이, 두찬이. 마지막으로 골인했고 더 안 온 사람 있으면 손? 없지? 강의 시작할게."

그녀의 밝은 음성으로 강의실이 가득 찼다.

*　　　*　　　*

화요일의 모든 강의가 끝났다.

가방을 챙기고 자리에서 일어서는 김두찬에게 학생들이 우르르 몰려왔다.

"두찬아, 오늘 바빠?"

여러 학생들 중 먼저 말을 걸어온 건 의외로 유아라였다.

그녀의 호감도는 무려 69나 됐다.

여태까지는 김두찬에게 눈길이 가면서도 심진우와 정지훈 때문에 가까이 다가갈 수가 없었다.

그런데 지금은 둘 다 사라진 마당이었다.

정지훈은 구속됐고 심진우는 학교를 나오지 않았다.

거칠 게 없었다.

자연스레 잘생기고 능력 있는 남자를 좋아하는 그녀의 호감도가 무럭무럭 자라났다.

거기에 월요일 날 지상파 방송에서 김두찬을 보고 나니 호감도는 더욱 커졌다.

"어?"

김두찬이 살짝 당황했다.

유아라는 여태껏 김두찬에게 한 번도 보여준 적 없는 귀여운 표정을 짓고 있었다.

그녀가 남자를 홀릴 때 저도 모르게 튀어나오는 버릇 같은 것이었다.

그런 유아라를 보는 다른 여자들의 시선은 곱지 않았다.

겉으로는 아무렇지 않은 척했지만, 속으로는 하나같이 유아라를 흉보고 있었다.

'정지훈이 사라지니까 바로 두찬이한테 달라붙는 거 봐.'

'진짜 속 보인다.'

예전부터 유아라는 여학생들과 그다지 사이좋은 편은 아니었다.

워낙 이기적인 데다가 몸에 밴 공주병이 영 거슬렸기 때문이다.

그래도 일전에는 정지훈의 녹음 파일을 듣고 우는 걸 달래줬었다.

같은 여자로서 너무 수치스러운 말을 들었기 때문이다.

유아라는 자신을 위로해 주는 다른 학생들에게 연신 고맙다는 말을 전했다.

그 사건을 계기로 유아라도 바뀔 것이라는 일말의 기대감을 다른 여학생들은 가지고 있었다.

하지만 그때뿐이었다.

김두찬이 나오지 않았던 월요일 날.

유아라는 다시 예전의 모습 그대로 돌아가 있었다.

단지 그녀의 곁에 정지훈만 없을 뿐이었다.

유아라는 다른 여학생들이 자신을 어찌 보든 말든 신경도 쓰지 않았다.

그녀의 관심사는 오로지 김두찬뿐이었다.

"우리들 오늘 한잔하러 갈까 하는데, 두찬이 너도 같이 갈래?"

김두찬의 주변에 모여든 사람들 속에는 주로미와 장재덕도 보였다.

장재덕은 속도 없이 유아라를 보며 헤실헤실 웃고 있었다.

"글쎄, 나는……"

김두찬이 거절할 기미를 보이자 유아라가 은근히 팔을 잡아당기려 했다.

그에 김두찬이 얼른 팔을 뒤로 뺐다.

그 바람에 유아라는 괜히 허공에 헛손질을 하고 말았다.

이를 본 다른 여학생들이 그녀를 비웃었다.

'쌤통이다.'

'끼 부리더니 고소하다.'

주로미 역시 티는 내지 않았지만 속으로 한마디 했다.

'나이스.'

유아라가 당황스러움을 애써 감추면서 애교 가득한 목소리로 다시 부탁했다.

"같이 가자, 응?"

사실 김두찬도 유아라가 그다지 달갑진 않았다.

그녀는 늘 정지훈 무리에 섞여 자신을 내려다보는 듯한 시선을 던지곤 했다.

어떨 때는 김두찬이 곁을 지나가는 것만으로도 노골적으로 싫다는 티를 팍팍 냈었다.

하지만 다른 친구들과 어울리는 건 싫지 않았다.

친구들에게 환영받는 존재가 된다는 건 언제나 기분 좋은 일이었다.

그리고 로미랑 재덕이도 함께이니 더더욱 가고 싶었다.

하지만 오늘은 조선호 할아버지와 약속이 있었다.

"음."

김두찬이 고민했다.

그런 김두찬을 보는 여학생들의 시선이 기대감으로 가득
찼다.

"잠깐만."

잠시 망설이던 김두찬이 조선호에게 전화를 걸었다.

연락처는 이미 주정군을 통해 알아둔 터였다.

신호음이 몇 번 울리고 난 뒤, 스마트폰에서 걸걸한 음성이
들려왔다.

―여보세요.

"안녕하세요, 할아버지. 두찬이에요."

―아, 두찬 학생. 그래, 지금 만나러 오려고요?

"아니요. 혹, 실례가 안 된다면 오늘 밤에 찾아봬도 괜찮을
까 해서 여쭤보려고 전화 드렸어요."

―열 시 전까지만 오면 나는 언제든 괜찮아요. 내가 딱 열
시 반에 잠이 들거든. 그냥 뭐만 받아 가면 되니까 시간 많이
안 뺏을 거예요. 부담 갖지 말고 열시 전에만 와서 잠깐 얼굴
보고 가요.

"알겠습니다. 그럼 열시 전까지 찾아뵐게요."

―그렇게 해요.

전화를 끊은 김두찬이 대답했다.

"그래, 가자."

"정말? 내 부탁 들어줘서 고마워, 두찬아~"

유아라는 교묘하게 말을 비틀어, 마치 김두찬이 자기 개인의 부탁을 들어준 것처럼 만들었다.

그런데 김두찬은 그녀를 싹 무시하고 지나쳐 다른 친구들에게 물었다.

"어디서 마실 거야?"

그에 장재덕이 신이 나서 소리쳤다.

"가성비 쩌는 곳 있어. 그리고 여기가 특이한 게 매일 오후 여덟 시에 이벤트를 하는데, 이게 또 은근히 승부욕 자극시키더라고. 그러니까 믿고 따라와."

"역시 이런 자리에는 네가 있어야 돼."

김두찬이 장재덕을 치켜세워 줬다.

여학생들은 그런 김두찬을 보며 미소를 지었다.

하지만 유아라는 차마 웃지 못했다.

망신을 톡톡히 당해 창피함이 이루 말할 수 없을 정도로 몰려왔다.

김두찬이 학생들과 함께 강의실을 나섰다.

유아라가 그런 김두찬의 뒷모습을 바라봤다.

'…빛이 나.'

여러 학생들 사이에 둘러싸여 있는 김두찬의 모습은 마치 홀로 고고한 학 같았다.

　그에게는 사람을 끌어당기는 힘이 있었다.

　학기 초에는 크게 존재감 없던 그가, 지금은 긁어서 당첨된 복권 같은 사람이 됐다.

　김두찬이 강의실에 없을 땐 여기저기서 그의 이름이 들려왔다.

　하지만 그 안에 흉을 보는 학생은 아무도 없었다.

　하나같이 칭찬 일색이었다.

　김두찬이 강의실에 있을 땐 학생들의 관심이 일제히 그에게 집중됐다.

　그를 바라보는 눈빛들엔 호감이 가득했다.

　'어떻게 하면… 너처럼 될 수 있는 건지 나는 몰라.'

　유아라는 그런 김두찬이 부러웠다.

　자신이 가지지 못한 것을 가지고 있는 그가 탐이 났다.

　'그러니까, 널 가져야겠어.'

　유아라의 애정이 다시 한번 비뚤어진 방향으로 자라나고 있었다.

　"두찬아~ 같이 가."

　그녀가 언제 그랬냐는 듯 구겨진 얼굴을 펴고 환한 미소를 머금었다.

　한편 이 광경을 찍고 있던 황성주 감독에게 송하연이 말했다.

"감독님, 방금 그 장면은 그냥 날려 버리죠."

"네?"

그 말에는 주정군 피디도 동의했다.

"그래, 뭔가 아라 씨랑 두찬 씨 사이에 안 좋은 감정이 있는 것 같은데, 이런 장면 나가 버리면 괜히 유아라 씨한테 동정표 가고 두찬 씨 이미지만 나빠질 수 있어. 아라 씨한테는 미안한 일이지만 우리는 우리 출연자 지켜야지 어쩌겠어?"

"아, 그래요."

"일단 따라가자고."

촬영팀이 서둘러 김두찬의 뒤를 따랐다.

*　　　*　　　*

김두찬은 학교 건물을 나서다가 마침 들어오는 채수영 교수와 마주쳤다.

"안녕하세요, 교수님."

"안녕하세요~"

"그래."

채수영 교수는 학생들의 인사를 받는 둥 마는 둥 하며 지나쳤다.

한데 김두찬은 적잖이 놀라 인사를 할 수 없었다.

'어라?'

김두찬이 멀어지는 채 교수의 등을 바라봤다.

그때였다.

복도를 걷다 말고 우뚝 멈춰선 채 교수가 뒤돌아섰다.

그러다 보니 자연스레 김두찬과 시선이 마주쳤다.

"김두찬."

"네?"

"방송 잘 봤다."

"아, 네."

"그리고 몽중인 말이다."

"…혹시 읽으셨나요?"

채 교수가 고개를 끄덕였다.

그에 김두찬은 절로 긴장이 되어 심장이 두근거리며 뛰었
다.

다른 건 몰라도 팔리는 글은 확실히 써내는 양반이다.

괜히 불패의 채수영이라는 별명이 따라다니는 게 아니다.

별명처럼 채 교수는 흥행 불패의 신화를 이어가고 있는 소
설가다.

한데 그 채 교수가 몽중인을 읽었다고 한다.

김두찬은 저도 모르게 마른침을 꿀꺽 삼켰다.

그때쯤 되어서는 다른 학생들도 전부 가던 길을 멈추고 두
사람을 지켜보는 중이었다.

한동안 말없이 김두찬을 지켜보던 채 교수가 한마디를 던지고서 뒤돌아섰다.

"재미있더라."

"……!"

김두찬이 이루 말할 수 없는 감동에 채 교수의 등에다가 인사를 했다.

"감사합니다!"

채 교수는 그 인사에 어떠한 반응도 없이 제 갈 길을 갔다.

그런 채 교수의 머리 위에 떠 있는 호감도 수치는 74였다.

\*　　　\*　　　\*

장재덕이 추천한 술집에서 김두찬 일행은 즐겁게 술판을 벌였다.

다들 가격 대비 푸짐한 안주들에 만족하며 술을 빠르게 목으로 넘겼다.

김두찬은 테이블에 놓인 세 개의 안주들을 하나하나 집어 먹었다.

새로운 안주가 입에 들어갈 때마다 그의 머릿속에 책이 펼쳐지며 요리 레시피가 적혀 나갔다.

이 술집의 안주들 평균 등급은 D-였다.

술과 함께 즐겨야 하는 음식의 특성상 간이 비교적 짜게 나오기 때문에 등급이 내려간 것이다.

간만 제대로 맞춰도 D+는 찍을 만했다.

물론 그래도 높은 등급이라고 할 수는 없었다.

재덕이의 말 그대로 가성비가 좋아서 사람이 몰리는 술집이었다.

하지만 단순히 그것만이 이곳을 찾게 만드는 이유는 아니었다.

이 술집엔 비밀이 더 있었다.

김두찬의 시선이 그 비밀의 단서가 될 만한 것을 포착했다.

술집의 한편에는 작은 무대 같은 것이 만들어져 있었다.

거기엔 스탠드 마이크 두 개와 커다란 모니터, 그리고 음향 장비들이 갖추어져 있었다.

'저건 뭐야? 아무나 나가서 노래하라고 만들어놓은 건가?'

김두찬이 그런 의문을 가질 때 즈음.

건너 테이블에서 술을 마시던 무리 중 한 명이 유아라를 유심히 살피고 있었다.

하나 유아라는 그런 시선을 인지 못 한 채, 틈만 나면 김두찬에게 끼를 부리는 중이었다.

주로미는 그런 유아라가 줄곧 못마땅했다.

물론 김두찬이 완벽하게 철벽을 치고 있었지만 유아라가 얄미운 건 어쩔 수 없었다.

유아라 역시 그런 주로미의 내심을 눈치챘다.

그녀가 김두찬에게 마음이 있다는 것 역시 며칠 전부터 알고 있었다.

그래서 더더욱 보란 듯이 김두찬을 공략해 나갔다.

반면 주로미는 아무것도 하지 않았다.

애초에 이성에게 꼬리를 친 적이 없었고, 방법도 몰랐다.

그럼에도 김두찬은 유아라보다 주로미에게 더 신경을 써주었다.

그게 은근히 고마운 주로미였다.

술자리가 계속 이어질수록 두 여인의 신경전은 다른 학생들도 느낄 정도가 되었다.

그렇다 보니 즐거워야 할 자리가 점점 불편하게 변해갔다.

바로 그때, 분위기를 반전시켜 줄 이벤트가 벌어졌다.

술집 한편에 마련된 무대 위에 서른 후반 정도 되어 보이는 남자가 올라가 마이크를 잡았다.

그러고는 능숙하게 입을 털었다.

"오늘도 제가 운영하는 술집, '이상주점'을 찾아주신 주정꾼 여러분께 감사드리며 첫 번째 이벤트 시작하겠습니다."

마이크를 잡은 남자는 이상주점의 주인이었다.

느닷없는 이벤트에 김두찬은 고개를 갸웃거렸다. 주로미도 마찬가지 반응이었다.

하지만 같이 온 동료들과 다른 테이블의 손님들은 이미 알고 있었는지 일제히 환호성을 내질렀다.

"벌써 여덟 시야?"

장재덕이 스마트폰을 확인하고서는 씩 웃었다.

"두찬아, 이제 이벤트 시작한다."

"이벤트라니?"

"보면 알아."

술집 사장은 마이크에 대고 계속 썰을 풀었다.

"아시는 분은 아실 테지만 우리 술집을 처음 방문하신 주정 꾼들을 위해 잠시 제 소개를 해보겠습니다. 이름? 알 필요 없 습니다. 나이? 몰라도 돼요. 성별? 보다시피 달려 있겠죠? 딱 하나! 제가 아주 특이한 식재료들을 모아 요리하는 걸 좋아한 다는 것만 알고 계시면 됩니다. 자, 그럼 서빙 들어갑니다!"

술집 사장의 멘트에 따라 종업원들이 정체 모를 안주가 담 긴 접시를 각 테이블마다 서빙했다.

"방금 나눠드린 안주를 드셔보시고 재료의 정체를 맞히는 테이블에 10일 동안 누적된 상품을 드립니다. 어제는 개구리 뒷다리였는데 정답자가 아무도 나오지 않았었어요. 오늘도 정 답자가 나오지 않으면 누적 상품 리셋되고 내일부터 다시 1일 차로 돌아갑니다. 그럼 이 시점에서 누적 10일 차 상품이 뭔 지 궁금하시겠죠? 바로 오늘 하루 무료 이용권! 테이블에서 드시는 안주, 술값 전부 프리패스! 어차피 우리 집에 양주는 없으니 마음껏 지르세요!"

술집 사장의 목청이 커졌다.

손님들은 그에 열광하며 환호성을 질렀다.

"하지만! 10일 누적된 상품인 만큼 난이도가 상당합니다. 기회는 테이블당 한 번. 그러나 5분이 지날 때까지 정답을 외치지 않는 테이블은 자동 실격 처리됩니다. 자, 그럼 지금부터 시작하세요!"

술집 사장이 시작 신호를 주자마자 김두찬이 손을 들었다.

그의 입에는 이미 안주 한 점이 물려 있었다.

"7번 테이블! 벌써 도전하는 건 너무 성급한 게 아닌가 싶……!"

"상어 고기네요."

"…어?"

"손질해서 염장하고 깨끗이 씻은 다음에 중불에서 굽다가 데리야끼 소스 넣고 졸였고요."

"…정답."

순간 술집에 있던 모든 사람들의 시선이 김두찬에게 향했다.

그들은 하나같이 허탈함 반, 놀라움 반이 섞인 얼굴을 하고 있었다.

"7번 테이블은 오늘 제가 대신 쏩니다. 마, 마음껏 즐기세요!"

술집 사장의 마무리 멘트에 비로소 정신이 돌아온 동료들이 김두찬의 이름을 부르며 환호했다.

장재덕인 김두찬의 목을 조르며 방방 뛰었다.

"이야아아! 진짜 대단하다! 어떻게 그걸 맞춰?"

"그냥… 예전에 먹어본 적이 있었어."

뻥이다.

음식을 먹으면 레시피가 적힌다.

그래서 쉽게 맞출 수 있었다.

"두찬아, 진짜 너 못하는 게 뭐야?"

"혼자 너무 다른 세상 살고 있는 거 알지?"

"야야, 술이랑 안주 더 시켜!"

김두찬의 활약으로 모두의 기분이 크게 업됐다.

그 덕분에 호감도도 높은 폭으로 올랐다.

한 테이블에 앉아 있는 친구 7명의 호감도가 적게는 10에서 크게는 17까지 상승했다.

덕분에 126의 포인트를 얻을 수 있었다.

한데 거기서 끝이 아니었다.

김두찬의 얼굴을 본 다른 테이블의 여인들도 호감도가 일제히 상승했다.

거기서 한 번 더 얻은 포인트가 67이었다.

'포인트는 잘 적립되는구나.'

김두찬이 기분 좋게 소주 한 잔을 쭉 들이켰다.

그 장면을 카메라에 담던 황성주 감독이 저도 모르게 감탄했다.

"크으… 진짜 그림이다."

순간 꾸준히 1씩 올라가던 황성주 감독의 호감도가 100이 되었다.

그의 정수리에서 흘러나온 빛 무리가 김두찬의 몸 안으로 스며들었다.

[상대방의 가장 뛰어난 능력을 익혔습니다. 보너스 스탯이 추가되었습니다.]

'오!'

김두찬이 당장 상태창을 열었다.

새로 익힌 능력은 악력이었으며 패시브였다.

'악력?'

손아귀 힘을 말하는 것이다.

김두찬의 시선이 카메라를 들고 있는 황성주 감독의 손으로 향했다.

딱 봐도 솥뚜껑만 한 것이 힘이 장난 아닐 것 같았다.

'이 정도도 나쁘지 않으려나?'

내심 방송 감각이나 카메라 촬영에 관련된 능력을 얻게 될 것이라 기대했던 김두찬은 살짝 실망했다.

하지만 괜찮았다.

이미 송하연과 주정군의 호감도도 각각 93, 90이었다.

두 사람의 가장 뛰어난 능력을 익힐 날도 머지않았다.

특히 김두찬은 방송 작가인 송하연의 능력이 기대됐다.

그 무렵 또 한 번의 이벤트가 진행됐다.

바로 노래 대회였다.

노래방 기계에 나온 점수로 순위가 정해지고 1등부터 3등까지 선물을 증정한다.

반드시 남녀 듀엣으로 나와 노래를 불러야 하는 것이 규칙이다.

1등은 3만 원 상품권, 2등은 안주 하나 서비스, 3등은 소주한 병이 서비스로 주어진다.

이벤트가 시작되자마자 김두찬의 친구들이 일제히 시선을한데 모았다.

"비현실 친오빠가 나설 때다!"

장재덕이 김두찬의 등을 떠밀었다.

김두찬도 직접 포인트를 얻을 수 있는 기회라 딱히 빼지 않았다.

그런데 문제가 있었다.

혼자서는 무대에 나설 수가 없었다.

"남녀 듀엣으로 나가야 되는데?"

그 말에 유아라가 팔을 번쩍 들어 올렸다.

"내가 같이 나갈게, 두찬아!"

하지만 김두찬은 그 말이 전혀 달갑지 않았다.

해서 그냥 나가지 말까 하고 있는데 잠자코 있던 주로미가 벌떡 일어서서 폭탄 선언을 했다.

"내가… 나가고 싶어."

순간 테이블에 정적이 흘렀다.

주로미는 여태껏 단 한 번도 이런 식으로 나선 적이 없었다.

항상 강의실에서도 조용히 있어서 그 탁월한 미모에도 불구하고 종종 존재감이 잊히곤 했다.

그랬던 주로미가 수많은 사람들이 보는 자리에서 노래를 하겠다고 나서니 친구들의 반응이 폭발적이었다.

"이건 쉽게 볼 수 없는 그림인데?"

"로미야~ 진짜야?"

"야야, 맘 바뀌기 전에 빨리 내보내자."

결국 유아라의 존재는 주로미의 일탈 앞에 너무나 작아졌다.

김두찬과 주로미는 이벤트성 노래 대회에 바로 참가했다.

둘은 어떤 노래를 부를까 고민하다가 영화 원스의 OST 곡인 'Falling Slowly'를 선택했다.

곡 제안은 김두찬이 먼저 했다.

일전에 이런저런 노래를 찾아보던 중 귀에 착 감겼던 노래들 중 하나였다.

다행히 주로미도 그 노래를 알고 있었다.

두 사람은 첫 번째로 무대에 서게 됐다. 순간 여기저기서 어마어마한 환호성이 터져 나왔다.

두 사람이 나란히 서 있는 그림이 워낙에 훌륭했기 때문이다.

그 와중에 김두찬을 알아보는 이들도 있었다.

여기저기서 비현실 친오빠를 외쳐대는 여인들이 제법이었다.

직접 포인트가 또 한차례 적립됐다.

그러는 사이 노래의 전주가 흘러나왔다.

손님들은 언제 떠들었냐는 듯 숨 죽여 두 사람의 무대에 귀를 기울였다.

특히 김두찬의 친구들은 주로미의 노래 실력이 어떨지 궁금했다.

김두찬이 노래 잘하는 거야 모두가 아는 사실이다.

하지만 주로미의 노래는 단 한 번도 들어본 적이 없었다.

전주가 끝나고 드디어 두 사람의 노래가 시작되었다.

김두찬이 앞 소절을 잔잔하게 불러나가는 순간 사람들은 신선한 충격을 받았다.

비현실 친오빠를 동영상으로만 접했던 이들은 그보다 몇 배 이상 호소력 있게 귓전을 맴도는 목소리에 완전히 홀렸다.

비현실 친오빠를 모르는 이들은 크게 기대 않고 방심했다가 맑은 음색이 고막을 두드리자 술잔 꺾는 것도 잊고서 김두찬에게 집중했다.

맨 정신인 사람들도 정신을 놓게 만드는 것이 김두찬의 노래다.

하물며 술을 들이부어 감성에 푹 젖은 이들에게는 어떻게 들리겠는가?

김두찬의 노래를 듣는 이들의 호감도가 남녀를 가리지 않고 쭉쭉 올라갔다.

한편 조금 전까지만 해도 오기로 무대에 섰다가 어마어마한 긴장감에 바들바들 떨고 있던 주로미는 김두찬의 목소리를 듣는 순간 완전히 노래에 몰입할 수 있었다.

덕분에 떨림이 잦아졌고, 마음이 평온해졌다.

그녀는 눈을 감고 오로지 음악에만 집중하다가 이어지는 여자 파트에 천천히 입을 열었다.

그리고 그녀의 음색이 마이크를 타고 퍼져 나가는 순간.

"……!"

시나리오극작과 학생들의 눈이 휘둥그레졌다.

기대도 하지 않았던 주로미의 노래 실력이 상상 이상이었다.

김두찬에 비교할 수는 없지만 일반인치고는 상당했다.

두 사람은 환상적인 하모니를 자랑하며 노래를 불렀고 무사히 끝을 맺었다.

그에 사방에서 우레와 같은 박수와 함성이 쏟아졌다.

김두찬이 미소 가득한 얼굴로 주로미를 바라봤다.

주로미도 그에게 미소로 화답했다.

둘은 말로 설명할 수 없는 묘한 공명을 느꼈다.

어쩐지 다른 날과는 분위기가 달랐다.

모든 사람들이 엑스트라가 되고, 오로지 그들 두 사람만이 주연이 되는 아름다운 착각 속에 빠져들었다.

그런데.

"꺄아아아악!"

지금의 분위기와는 어울리지 않는 이질적인 비명 소리에 달아오른 흥과 포근하던 분위기가 깨지고 말았다.

김두찬의 시선이 비명이 들린 곳으로 향했다.

거기엔 유아라가 웬 취객에게 머리채를 잡혀 휘둘리고 있었다.

"왜 이러세요!"

"왜 이러세요? 너 끝까지 날 남처럼 대한다? 유아라, 이 씨발 년아!"

짝!

취객의 손이 그대로 유아라의 뺨을 때렸다.

"꺄아악!"

이를 막을 생각도 못 하고 그대로 얻어맞은 유아라가 눈물을 주룩주룩 흘렸다.

유아라를 그토록 막 대하는 남자는 한참 전부터 건너 테이블에서 그녀를 주시하던 사람이었다.

그의 이름은 설한수.

졸부 아버지 밑에서 돈깨나 만지고 자라온 인간으로, 온갖 명품으로 몸을 도배하고 있었다.

하지만 그에 반해 얼굴은 평균 이하였고 키도 160을 겨우 넘었다.

나이는 20대 후반이지만 모르고 보면 30 후반으로 보일 만큼 노안이었다.

"이 개 같은 년. 처음에 명품 사다 바칠 때는 좋다고 꼬리 치더니, 단물 다 빼먹고서 연락을 싹 끊어?"

"으흑… 흑……!"

유아라는 숨이 넘어가도록 우느라 그런 남자의 말에 반발 하지도 못했다.

"그래, 알아! 너 같은 게 내가 뭐 좋다고 만나줬겠어! 내 돈 이 좋았던 거지! 너 말고도 그런 계집애 주변에 많거든. 그런 데… 이런 식으로 연락 끊겼다가 우연히 다시 만났을 때 좋은 꼴 당한 년 하나도 없어!"

짜악!

"아아악!"

설한수가 다시 한번 유아라의 뺨을 후렸다.

그는 한 달 전까지 유아라와 만남을 가졌었다.

2월 달에 클럽에서 처음 보게 된 유아라를 돈으로 꼬셔 일주일에 한 번은 지속적으로 만나왔었다.

그런데 한 달 전, 유아라는 이런저런 말도 없이 갑자기 연락을 끊었다.

외모에 콤플렉스가 있는 설한수는 자신을 그런 식으로 대하는 여자에게 분노를 느끼곤 했다.

해서 언제든 우연이라도 만나면 한마디 해주겠다는 마음을 먹고 있었다.

그런데 오늘은 술이 너무 과했다.

사실 이 술집도 여종업원 중에 대단히 예쁜 애가 있다는 소문을 듣고 찾아온 것이다.

그게 아니었다면 바에 가서 보드카를 마셨지 이런 곳에서 소주나 홀짝이진 않았을 터였다.

그런데 여종업원의 콧대가 어찌나 높은지 재력으로 들이대도 도통 넘어올 줄을 몰랐다.

그 바람에 짜증이 나 저도 모르게 과음을 했다.

아니, 과음 정도가 아니라 폭음이었다.

그는 지금 이성의 끈을 반쯤 놓고 있는 상태였다.

멀쩡한 정신이었다면 시원하게 욕 몇 마디 뱉는 것으로 끝났을 텐데, 일이 커졌다.

설한수의 입에서 급기야 사적인 얘기들이 터져 나왔다.

"아주 모텔 한번 가서 팬티 벗기려면 명품 백을 하나씩 상납해야 했지. 그렇게 비싸게 처먹었으면 일방적으로 나 버렸을 때, 이 정도 각오는 했어야 하는 거 아니야? 그래야 양심이 있는 거 아니냐고."

설한수의 폭로로 인해 유아라의 본성이 낱낱이 파헤쳐졌다.

그녀는 무섭고, 아프고, 치욕스러움에 어떤 말도 할 수가 없었다.

머릿속에서는 그저 모든 것이 다 끝났다는 생각밖에 들지 않았다.

한편 그 누구도 설한수를 말리지 못했다.

워낙 그의 기세가 등등했고 부지불식간 벌어진 일이라 상황 파악이 덜 된 것이다.

결국 촬영을 하다 도저히 못 참겠던지 주정군 피디가 나서려 했다.

하지만 그보다 주로미가 빨랐다.

유아라가 얄미웠지만 그건 그거다.

무슨 사정인지는 모르겠으나 지금은 일단 사내를 말려야 했다.

"하여튼 존나게 반갑다, 쌍년아. 이리 나와."

설한수가 유아라를 끌고 밖으로 나가려 했다.

그때, 주로미가 설한수의 팔을 잡아당겼다.

"잠깐만요! 이러지 말고 말로 해요!"

순간 설한수가 날카로운 시선으로 주로미를 쏘아봤다.

그녀의 손톱이 팔목에 찬 고가 시계를 긁고 있었다.

"씨발, 이거 안 놔?"

"먼저 아라 놔줘요!"

"근데 이것들이 쌍으로!"

설한수가 주로미를 확 밀쳤다.

"앗!"

주로미가 그 힘을 이기지 못하고 뒤로 넘어졌다.

털썩!

"거지 같은 게, 이게 얼마짜린 줄 알고."

바닥에 널브러진 주로미를 한 번 흘긴 설한수가 다시 유아라를 끌고 나가려 했다.

하지만 그럴 수 없었다.

"사과해."

적의를 가득 담은 누군가의 음성이 그를 잡아 세웠다.

"뭐?"

설한수가 뒤돌아섰다.

순간 김두찬의 손이 빠르게 튀어나가는가 싶더니 설한수의 손목을 잡았다.

"로미랑 아라한테 사과하라고."

사실 김두찬은 아라를 좋아하지 않는다.

하지만 그렇다고 해서 설한수가 잘못한 일까지 무시하고 넘어갈 정도는 아니었다.

"뭐래, 이런 미친놈이!"

설한수가 팔을 빼내려 했다.

하지만 김두찬은 팔을 꽉 잡고서 놓아주지 않았다.

"이거 안 놔?"

"사과하기 전까지는 못 놔."

"이 새끼가 근데!"

결국 설한수가 유아라를 잡고 있던 손을 풀어 김두찬에게 휘둘렀다.

김두찬은 자신에게 날아오는 주먹을 보고서도 피하지 않았다.

카메라를 의식하고서 일부러 맞아주었다.

빠악!

김두찬의 고개가 휙 돌아갔다. 하지만 그게 다였다. 김두찬이 다시 고개를 돌려 설한수를 바라보았다.

"하, 이 새끼 봐라. 너 오늘 죽었어."

설한수가 다시 한번 주먹을 내질렀다.

뻐억!

김두찬의 얼굴에 또 한 방이 날아들었다.

사실 주먹을 맞아주면서도 김두찬에게 전해지는 충격은 크지 않았다.

동체 시력과 고양이 몸놀림, 그리고 박투의 능력이 발동하며 주먹이 얼굴에 닿는 순간 빠르게 힘이 전해지는 반대 방향으로 고개를 돌렸기 때문이다.

그러나 보는 사람들 입장에서는 전혀 그렇게 보이지 않았다.

오히려 설한수의 주먹질이 너무 세서 김두찬의 고개가 마구 돌아가는 것만 같았다.

김두찬이 두 대를 맞았는데도 멀쩡하자 설한수가 다시 한번 주먹을 휘둘렀다.

뻐억!

바로 그때.

"다 담았어! 두찬 씨! 저 새끼 현행범으로 바로 처넣을 수 있어!"

주정군 피디가 소리쳤다.

그의 기차 화통 삶아 먹은 목소리가 술집을 쩌렁쩌렁 울렸다.

그에 모든 이의 시선이 주정군 피디에게 집중됐다.

설한수의 고개도 덩달아 돌아갔다.

순간 카메라를 발견한 설한수의 미간이 구겨졌다.

"뭐야… 저거? 인튜브 방송이라도 하는 거야? 병신들이."

술이 과하지 않았다면 카메라에 붙은 KBC 로고를 봤을 텐데 그는 여전히 정신을 못 차리고 있었다.

그에 송하연이 그가 정신 차릴 수 있도록 도와주었다.

"인튜브 같은 인터넷 방송 아니고요, 지상파 KBC 시사 교양 프로그램 찍고 있거든요. 아직 술 덜 깨서서 사리 분간 못 하시겠죠? 방금 난동 부리는 장면 전부 녹화됐어요. 아, 물론 경찰도 진작에 불렀으니 달려오고 있고요."

"…어?"

그제야 살짝 정신이 드는 설한수였다.

그가 어리둥절해 있는 사이 장재덕이 유아라를 수습했고 김두찬이 주로미를 일으켜 부축했다.

"이게 무슨……."

"야, 한수야! 튀자!"

"어서 나와, 인마!"

뒤늦게 상황 파악을 한 설한수의 동료들이 소리쳤다.

하지만 그보다 경찰이 한발 빨랐다.

"신고 받고 왔습니다!"

"이런, 씨발……."

경찰을 본 설한수는 술이 완전히 깨는 기분이었다.

이를 본 김두찬이 설한수를 무섭게 노려보며 한마디 내뱉었다.

"잘 가, 쓰레기."

# Liking 39

## 글로 살리다

한바탕 난리를 피운 설한수 일행과 김두찬 일행은 전부 경찰서로 가게 됐다.

정확히 말하자면 설한수는 연행이고 김두찬 일행은 피해자의 입장으로 진술을 하기 위해 동행한 것이다.

그런데 경찰서에 도착한 설한수의 태도가 가관이었다.

"합의금 낼게요. 얼마를 원해요? 불러봐요. 최대한 맞춰 드릴테니까."

그냥 작정하고 돈으로 해결하겠다는 투였다.

물론 김두찬은 절대 합의할 마음이 없었으므로 거부 의사를 밝혔다.

유아라 역시 마찬가지였다.

그러자 설한수가 배 째라는 식으로 나왔다.

"돈 준다 그럴 때 받고 떨어지세요. 괜히 버티다가 한 푼도 못 받고 끝나는 수가 있어. 여기 이 경찰 아재들이 나 어떻게 할 수 있을 것 같아요? 아라야. 너는 나 알지? 나 여기서 금방 나가."

유아라가 불안한 시선으로 경찰들을 바라봤다.

경찰들은 설한수를 못마땅하게 노려보고 있었다.

"참 나. 못 믿나 본데. 기다려 봐."

설한수가 어딘가로 전화를 했다.

그런데 상대방이 전화를 안 받는 모양이었다.

"왜 이렇게 안 받아, 이 아저씨가."

그 모습을 보고 있던 주정군 피디가 코웃음 치며 송하연을 쳐다봤다.

송하연이 고개를 끄덕이고서 스마트폰을 꺼냈다.

그녀가 주소록에서 누군가의 이름을 검색해 통화 버튼을 눌렀다.

상대방은 송하연의 전화를 바로 받았다.

"아빠, 저예요."

통화 상대는 그녀의 아빠였다.

"아우, 징그러워요. 저 이제 곧 있으면 마흔이거든요. 그런 말은 사양할게요. 그보다 문제가 좀 생겨서 전화드렸어요."

사람들의 시선이 일제히 송하연에게 몰렸다.

"네. 아니요, 전혀요. 우리가 피해자예요. 언제 제가 아버지 이름 빌려서 구린 짓 하는 거 봤어요? 네. 네."

그녀는 지금 사정을 간략하게 설명했다.

그러고서는 핸드폰을 계장에게 넘겨줬다.

"직급이… 계장님이시죠? 받아보세요."

"누구… 시길래?"

"받아보시면 알아요. 안면 있으실 거예요."

계장이 불안하게 전화를 넘겨받았다.

"네, 전화 바꿨습니다. 네. 네네. 네? 네에?!"

가만히 대답을 하던 계장의 눈이 점점 커지더니 나중에는 자리에서 벌떡 일어났다.

그러더니 그 자리에서 허리를 숙이며 크게 소리쳤다.

"아이고, 청장님! 안녕하셨습니까! 그럼요, 그럼요! 아유, 청장님 한번 연 맺은 사람들 두루 챙기는 거야 유명하시잖습니까."

"뭐……?"

순간 자신의 백에게 계속해서 전화를 하던 설한수의 안면이 굳어졌다.

"사실 저한테까지 신경 쓰지 않으셔도 되는데. 바쁜 일 하시는 분 괜히 시간 뺏는 것 같아 죄송할 따름입니다. 네. 네네. 제가 봐도 그렇습니다. 그럼요! 그런 건 확실히 해야죠! 법이 왜 있겠습니까? 네, 알겠습니다! 걱정 마십시오! 네, 들어가십시오!"

계장이 다시 허리를 숙였다.

그러고서는 송하연에게 스마트폰을 공손히 돌려줬다.

"저… 내가 몰라봐서 미안하게 됐어요."

"아니에요. 내가 이마에 청장 딸이라고 써 붙이고 다니는 것도 아니고요."

"그 따님께서 방송 쪽 일한다는 건 알고 있었는데 이렇게 만나게 될 줄은 몰랐네요."

"아무튼 계장님. 이번 일 얼렁뚱땅 넘어가면 안 돼요."

"그럼요!"

힘주어 대답한 계장의 시선이 설한수에게 향했다.

그가 서류철을 들고서는 설한수의 머리를 탁탁 쳤다.

"당신 말이야! 어? 사람이 죄를 지었으면! 어? 곱게 잘못을 시인하고 용서를 빌어야지! 뭐? 합의금을 줄 때 받으라고? 전화 한 통이면 상황 끝난다고? 어디 한번 해봐! 해봐!"

"이런, 씨발, 당신 미쳤어?!"

"그래. 미쳤다! 너같이 돈이랑 인맥으로 갑질하는 새끼들 때문에 눈 돌아가서 미칠 지경이다! 경찰이 너네들 똥 닦아주는 직업인 줄 알아! 나이도 어린 새끼가 버르장머리를 된장 찍어 먹어서는! 눈 깔아! 안 깔아? 콱 그냥!"

"아오… 진짜 일진 사납네."

설한수는 센 척하고 있었지만 속이 타들어갔다.

설마 저 곱상하게 생긴 여자의 아버지가 청장이었을 줄이야.

그 사실에는 김두찬도 적잖이 놀랐다.

"계장님? 근데 우리가 지금 여기 있는 두찬 씨를 촬영하고 있는 거거든요."

"아, 그래요? 연예인이신가? 그러고 보니 훤칠하게 생기신 데다가 낯이 좀 익는 것 같은데……."

"진주 찾기 보세요?"

"그거 보죠! 월요일에 하는… 아!"

계장이 손뼉을 쳤다.

"거기 나왔던 그 천재 작가분이시구나!"

계장의 말에 김두찬의 얼굴이 붉어졌다.

'천재… 작가?'

스스로도 아직 제대로 된 작가라고 하기가 부끄러워 글쟁이 정도로만 인식하고 있었다.

그런데 다른 사람의 입을 통해 작가라는 말을 들으니 구름 위를 걷는 기분이었다.

무엇보다 진주 찾기 방송팀에게 고마웠다.

방송에는 김두찬이 글을 쓰는 것 외에도 노래 부르고 피팅 모델 하는 내용 등이 포함되어 있었다.

그럼에도 방송을 본 사람이 작가로 인식한다는 건, 방향을 그쪽으로 잡아서 잘 편집해 줬다는 것이다.

김두찬의 입에 걸린 미소를 본 송하연과 주정군 피디, 황성주 감독이 서로 눈을 맞추며 입꼬리를 말아 올렸다.

송하연이 계장에게 재차 말했다.

"지금 우리가 여러모로 바빠서요. 우리 쪽 진술은 다 했으니 그만 가봐도 될까요?"

"아, 그럼요. 확실히 처리할 테니 뒷일은 걱정 마시고 그만 가보세요들."

"감사해요. 아빠한테 잘 말씀드릴게요."

"여부가 있겠습니까? 어디까지 가세요? 김 순경! 모셔다 드려!"

"아니에요. 알아서 갈게요. 그게 편해요."

"그러시겠어요? 알겠어요. 아, 조만간 자세한 경위 파악 위해 연락 갈 수도 있어요. 그때 협조만 잘해주세요. 그럼 멀리 안 나갈게요. 밤길 조심하시고. 촬영 잘하시고."

송하연 덕분에 사건이 깔끔이 마무리됐다.

그에 김두찬이 일행이 서를 나가려 할 때였다.

"저, 저기 잠깐만!"

설한수가 소리쳤다.

김두찬 일행은 뒤돌아서 그를 바라봤다.

"하… 합의할게요."

"생각 없다니까요."

김두찬이 잘라 말했다.

"얼마를 원하든 드릴게요! 그러니까 합의 좀 해줘요."

"절대로 합의할 생각 없어요. 이번 기회에 죗값 달게 받으면서 머리 좀 식히세요."

"합의한다고, 개새끼야!"

설한수가 제 성질을 못 이기고서 욕을 내뱉었다.

그런 설한수의 머리 위로 서류철이 날아들었다.

퍽!

"아이 씨, 왜 계속 지랄이야!"

"아니, 근데 이 어린놈의 새끼가 사람대우해 주려니까 정신 못 차리고 기어오르네?"

"경찰이 민간인한테 폭력 행사하고 막말해도 돼?"

"그럼 너는 어른한데 욕하고 눈 부라려도 된다고 배웠냐?"

"아유우! 씨바아아아아알!"

"닥쳐!"

퍽!

"우리는 빨리 나가죠."

송하연의 말에 발광하는 설한수를 뒤로하고 김두찬 일행은 서를 빠져나왔다.

＊　　　＊　　　＊

밤길을 걷는 김두찬 일행 사이에는 어색한 기류가 흘렀다.

유아라 때문이었다.

그녀는 여기저기 부어터진 얼굴로 아무 말도 못 한 채 김두찬의 뒤만 따라 걷고 있었다.

다른 학생들은 이 무거운 공기를 어떻게 전환해야 할까 열심히 고민했지만 딱히 해결책이 나오지 않았다.

그러는 와중 유아라가 김두찬에게 말을 걸었다.

"두찬아."

"응?"

"잠깐… 둘이서 얘기 좀 할 수 있을까?"

"아니, 여기서 해."

"…알았어."

친구들의 시선이 유아라에게 향했다.

그녀는 잠시 숨을 가다듬고서는 김두찬에게 말했다.

"나… 이렇게 된 마당에 내일부터 학교 못 가. 쪽이란 쪽 다 팔렸는데 고개 들고 못 다녀. 내 얼굴이 아무리 두꺼워도… 그런 모습, 그런 얘기들 너희들이 다 봤으니까 견디기 힘들어."

유아라는 설한수로 인해 여자로서 감당할 수 없는 커다란 수치심과 치욕을 느껴야 했다.

게다가 그녀의 치부가 만천하에 드러났다.

아무리 철면피라 하더라도 떳떳하게 학교에 다닐 수 있는 상황이 아니었다.

"휴학할 거야. 그래서 이게 마지막이 될지도 몰라. 묻고 싶은 게 있어."

"물어봐."

"내가 왜 싫은데."

"뭐?"

그건 김두찬이 예상하고 있던 범주 밖의 질문이었다.

유아라가 김두찬의 옆에 서 있던 주로미를 아래위로 훑어봤다.

예뻤다.

그녀는 자신과는 전혀 다른 매력을 가진 사람이었다.

그리고 어쩐지 김두찬과 비슷하다는 느낌이 들었다.

"로미 때문이야?"

느닷없는 얘기에 주로미가 움찔거렸다.

"무슨 말이 하고 싶은 건데?"

김두찬의 입에서 냉랭한 음성이 흘러나왔다.

"로미도 예쁜 거 알아. 그런데 나도 예쁘잖아. 네 옆에 있으면 널 더 빛나게 해줄 수 있는 거, 그거 나야."

김두찬이 고개를 절레절레 저었다.

"그 반대겠지."

"반대라니?"

김두찬은 유아라에 대해서 자세히 알지 못한다.

하지만 그럼에도 불구하고 그녀가 어떤 사람이라는 계산이 머릿속에 섰다.

김두찬이 본 유아라의 이미지는 언제나 한결같았다.

늘 속으로만 해오던 생각을 그가 입 밖으로 내놓았다.

"네가 빛나기 위해서 날 필요로 하는 것뿐이야. 마치 값비싼 장신구처럼. 처음엔 그게 정지훈이었고, 그다음엔 나로 바뀐 거야. 틀려?"

"……."

의표를 찔린 유아라가 아무런 말도 하지 못했다.

크게 떠진 눈에 눈물이 그렁그렁 맺혔다.

"오늘 널 도와준 건 널 인간적으로 좋아해서가 아니야. 냉정하게 얘기해서 난 네가 싫어. 넌… 사람다운 냄새가 나지 않아."

"두찬아… 난……."

"너한테 사람은 딱 두 종류뿐이야. 네가 빛나기 위해 가져야 하는 사람과, 짓밟아야 하는 사람. 방금 네가 네 입으로 그랬지. 나 예쁘지 않냐고. 맞아. 객관적으로 봤을 때는 예뻐. 근데 왜… 스스로 빛날 생각은 안 해? 다른 사람을 깎아내리거나 널 돋보여 줄 사람을 가지는 게 널 더 빛나는 사람으로 만들어주는 건 아닌 것 같아."

"……."

유아라는 김두찬의 말에 놀라기도 하고 서럽기도 했다.

그러면서도 한편으로는 언제부터 김두찬이 이렇게 말을 잘

했나 놀라는 중이었다.

"휴학하면서 너 자신부터 돌아봐, 아라야. 거기에 답이 있을 테니까."

김두찬은 거기까지 얘기하고서 미련 없이 돌아섰다.

걸음을 옮기는 김두찬을 주로미와 촬영팀이 따라붙었다.

그에 다른 친구들도 유아라를 힐끔거리다가 김두찬에게 다가섰다.

이번만큼은 장재덕도 유아라를 위로해 줄 수가 없었다.

하염없이 눈물을 흘리는 그녀를 뒤로하고 모든 사람이 떠나갔다.


*            *            *


김두찬은 친구들과 헤어졌다.

다들 한 잔 더 하면서 기분을 좀 전환하자고 했으나 조선호와의 약속이 있었기에 그럴 수 없었다.

결국 친구들은 김두찬을 빼고서 자기들끼리 2차를 가기로 했다.

다들 마음이 무거워서 이대로 헤어지기가 찝찝했기 때문이다.

시간을 보니 아홉 시 삼십 분.

주정군 피디는 조선호의 집이 어디인지 알고 있었다.

한데 전화해서 확인해 보니 그가 기억하는 집이 아닌, 다른 곳으로 이사를 한 상황이었다.

주소를 물어보는 주정군의 표정이 이상하게 변했다.

놀란 것도 아니고 화가 난 것도 아니었다.

김두찬이 이를 의아하게 여기고 있는데 주정군이 통화를 마치고서 잠시 고민하다 말했다.

"여기서 한… 10분이면 갈 것 같은데."

"그래요? 가깝네요."

"내가 앞장설 테니까 따라와."

"네."

주정군은 빠른 걸음으로 길을 안내했다.

한참을 이리저리 걸어가던 그가 어느 집 앞에 멈춰 섰다.

"여기야."

"네……?"

주정군이 가리킨 집을 본 김두찬의 눈에 당황스러움이 어렸다.

김두찬의 앞에 있는 건 허름한 판잣집이었다.

"이 동네 처음 와보지?"

"네."

"쪽방촌이라는 곳이야. 삼성동이라고 다 부자들만 사는 건 아니거든. 근데… 5년 전까지만 해도 아파트에 사시던 분이 어쩌다 이리 되신 건지 모르겠네."

말을 하는 주정군의 입맛이 썼다.

조선호는 삼성동에서 쪽방촌이라 불리는 지역에 살고 있었다.

비교적 생활 형편이 넉넉지 않은 사람들이 머무는 곳이었다.

"노크해 봐."

주정군이 뒤로 물러나고 김두찬이 앞으로 나섰다.

그가 회색 철이 벗겨진 문을 노크했다.

똑똑!

"누구세요~"

안에서 조선호의 목소리가 들려왔다.

"두찬입니다, 할아버지."

"오! 잠깐만 기다려요."

이윽고 문이 열리며 조선호가 모습을 드러냈다.

"이 누추한 곳까지 와줘서 고마워요, 두찬 학생."

"아니에요."

"자자, 손님들을 서 있게 하면 안 되지. 대접할 건 커피밖에 없지만 들어와요."

김두찬 일행은 조선호를 따라 집 안으로 들어갔다.

그의 집은 말 그대로 누추했다.

거실 하나, 쪽방 하나, 그리고 화장실이 전부인 작은 건물 안에는 케케묵은 곰팡이 냄새가 가득했다.

가구라고는 웅웅 소리를 내며 돌아가는 냉장고와 구식 텔레비전이 전부였다.

조선호가 이 깨진 컵에 커피 세 잔을 타 내왔다.

주정군이 커피를 한 모금 마시고는 조선호에게 물었다.

"그런데 영감님. 몇 년 사이에 왜 이렇게……."

차마 뒷얘기는 할 수가 없었다.

조선호는 주정군이 무얼 말하고자 하는지 잘 알고서 허허 웃었다.

"상황이 많이 안 좋아졌네."

"무슨 일이 있었던 겁니까?"

주정군이 이리저리 돌리지 않고 바로 물었다.

그러자 조선호의 얼굴에 깊은 시름이 어렸다.

"어디서부터 이야기를 해야 하나……."

잠시 망설이던 조선호가 회한 가득한 눈으로 천천히 말을 이었다.

"나한테 손녀가 하나 있었다는 건 기억하는가?"

"그럼요. 그때 다섯 살이었나… 그랬죠?"

"그랬지. 그 아이가 4년 전에 홀로 남게 되었다네."

"…네?"

"내 딸이랑 사위가 나란히 떠나 버렸지."

"아……."

조선호의 말은 그들이 이 세상 사람이 아니게 되었음을 뜻했다.

그걸 못 알아들을 사람은 이 자리에 없었다.

그래서 다들 무겁게 탄식하고서 입을 열지 못했다.

"전에 날 촬영했을 때 말했었지? 내 딸 미양이는 엄마 없이 컸고, 사위는 고아였다고."

"네, 기억납니다."

두 사람은 어느 직장에서 동료 관계로 만났다.

처음엔 데면데면했으나 어려운 일을 겪으며 속 얘기를 털어놓다가 비슷한 점이 많다는 걸 알았다.

그렇다 보니 서로에게 끌렸다.

어차피 조미양은 아버지밖에 없고 그도 혼자라 이런저런 곡절 없이 결혼에 골인했다.

이후 두 사람 사이에서 예쁜 딸 '서로아'가 태어났고 본격적인 행복이 시작되는 것만 같았다.

그런데 불행은 느닷없이 찾아왔다.

"딸아이랑 사위는 야근이 잦았지. 해서 우리 로아도 내가 봐주는 날이 많았어. 그날도 그랬지. 엄마, 아빠 기다리며 늦게까지 나랑 놀다가 로아는 내 품에서 잠들었지."

조선호는 딸과 사위가 돌아올 시간을 기다리려 수마와 싸웠다.

그런데 새벽 두 시가 넘어가도록 연락이 없다가 불현듯 모르는 번호로 전화가 왔다.

불길한 예감에 핸드폰을 만지는 손이 덜덜 떨렸다.

"교통사고였다네. 화물 트럭이 중앙선을 넘어와서 들이받았다더군. 졸음 운전을 한 모양이야."

결국 별안간 서로아는 부모 잃은 아이가 되었다.

그런데 불행은 거기서 끝이 아니었다.

그로부터 3년 뒤, 서로아 본인에게 더 큰 불행이 찾아왔다.

"작년 말 무렵에 애가 자꾸 병든 닭처럼 힘이 없고, 몸에 멍도 자주 들고 해서 병원을 찾아갔었어. 그런데 증상이 심상찮다고 정밀 검사를 받자더니만… 백혈병이라더군."

"백혈… 병이요?"

"소아 급성 골수성 백혈병이라고 했어."

송하연이 너무 놀라 벌어진 입을 틀어막았다.

주정군과 황성주는 침음성을 흘렸다.

김두찬은 가만히 바닥만 쳐다봤다. 자신의 가족 중 누군가가 그런 몹쓸 병에 걸렸다는 생각을 하는 것만으로도 가슴이 찢어지는 것 같았다.

하물며 조선호의 심정은 어련하겠는가.

"1월 중순부터 병원에서 치료를 받고 있는데… 그 비용이 만만찮게 든다네."

서로아의 부모가 남긴 몇 푼 안 되는 보험금은 물론이고 조선호가 모아두었던 돈을 전부 털었음에도 병원비는 부족했다.

결국 전세로 살던 집에서 나와 판잣집으로 옮겨서 계속 병원비를 충당했다.

다행히 수중에 빚은 없는 상황이었지만 가진 돈도 없었다.

그러니 당장 다음 달 병원비가 걱정이었다.

하지만 손녀가 완치될 수만 있다면 돈이야 얼마나 들든 상관없다는 마음이었다.

"더는 내 가족을 잃고 싶지 않아. 실은 내 아내도… 백혈병으로 갔네."

"……."

"참 박복하기도 하지. 아무것도 모를 나이에 제 아비의 불행과 할미의 불행을 모두 이어받았으니."

고아가 된 것과 백혈병을 앓는 것을 두고 하는 말이었다.

분위기가 너무 무거워지자 조선호가 그제야 자신의 실수를 인지했다.

"아이고, 내가 은인을 불러놓고 이런 결례를 범했네요."

"아니에요, 할아버지."

김두찬이 손사래 쳤다.

"우울한 얘기는 그만두고 주려던 선물이나 드려야겠네요. 이리 따라오겠어요?"

조선호가 천천히 일어나 작은 방으로 손님들을 안내했다.

한데 그가 문을 열고 들어가는 순간 김두찬은 저도 모르게 탄성을 내뱉었다.

"와아."

방 안에는 초상화와 풍경화, 만화, 수묵화, 수채화, 서양화 등등의 그림들로 도배가 되어 있었다.

가구는 하나도 없었고, 썩어가고 있는 듯한 작업 테이블과 나무 의자가 전부였다.

"이게 전부 할아버지께서 작업하신 거예요?"

"그래요. 보관할 곳이 마땅치 않아 갈수록 상태가 나빠지지만 버리지 않고 계속 모아두고 있어요. 사실 주 피디가 촬영할 때까지만 해도 초상화 말고는 엄두도 내지 못했었는데 시간이 지나며 이것저것 손대다 보니 재미가 붙어서 이제는 그림이라면 가리지 않고 작업을 해요."

김두찬의 시선이 그림들을 찬찬히 훑었다.

전문가 수준이라고는 할 수 없으나, 배우지 않은 사람의 실력치고는 대단했다.

그 많은 그림들 중 2컷 형식의 만화에 김두찬의 시선이 멈췄다.

"이건 만화네요?"

"아, 우리 손녀가 만화를 좋아해서 그려준 거예요. 병원 가보면 전화기로 웹툰인가 뭔가 하는 걸 그렇게 보고 있어요."

"그렇군요."

조선호가 방 한구석에 둘둘 말려 있는 스케치북 하나를 집어 들어 김두찬에게 건넸다.

"여기, 약소하지만 내가 말한 선물이에요."

"감사히 받을게요."

김두찬이 그것을 받아 쫙 펼쳐 보았다.

스케치북 안에는 연필로 그려진 김두찬의 얼굴이 담겨 있었다.

다른 그림들보다 더 공을 들였는지 김두찬의 얼굴과 상당히 닮아 있었다.

"와아."

그림을 관찰하는 김두찬의 가슴이 두근거렸다.

누군가 자신의 얼굴을 이렇게 그려준 건 처음이었다.

"마음에 드는지 모르겠네요."

"정말 마음에 들어요, 할아버지."

신기했다.

선과 선이 만나 눈, 코, 입을 만들고 얼굴을 만들고 머리카락을 만들었다.

단순히 평면에 먹 선으로만 그린 그림일 뿐인데 묘하게 생동감이 있었다.

조금 과장해서 거울을 보는 것 같은 기분이 들 정도였다.

"두찬 청년 그림은 다른 연예인들보다 더 심혈을 기울였어요. 그게 그중 가장 잘 그린 거고."

"그래요? 영광이에요, 정말."

"허허, 그 말 손녀한테 그대로 전해줄게요."

"네?"

"사실 우리 손녀가 두찬 청년 팬이거든요. 비현실 친오빠인가 하는 동영상을 보고 나서 눈이 하트가 되더니, 그다음부터는 두찬 청년과 관련된 거라면 이것저것 열심히 찾아보더라고요. 웹툰보다 두찬 청년을 더 좋아해요. 그래서 내가 그쪽 얼굴만 한 열댓 장을 그렸지 뭡니까."

"그랬군요."

"저번엔 항암 치료 받기 전에 두찬 청년 영상이랑 사진을 보더라고요. 그게 위로가 되나 봐."

김두찬의 마음이 먹먹해졌다.

병마와 싸우고 있는 어린 소녀가 자신에게서 위로를 받고 있다니.

"제가 뭐라도 도움이 되면 좋겠는데… 아무 도움이 되지 못해 죄송해요."

"아니에요. 내가 두찬 청년이 집까지 찾아왔다는 얘기 해주면 정말 좋아할 거예요. 사실 오늘도 조금 전까지 병원에 있다 왔어요. 갑자기 열이 오르는 바람에 이틀 전에 입원했거든요. 내가 몸이 건강하면 내내 곁에서 간호를 해줄 텐데, 이제는 아픈 곳이 많아서 잠은 집에서 자거든."

"저 혹시… 제가 한번 가볼까요?"

"응? 가본다니요?"

"로아라고 했죠? 직접 찾아가면 더 좋아할 것 같아서요."

"저… 정말 그래주겠어요?"

못할 것도 없다.

내일은 수요일이니 강의가 없다.

피팅 모델 일로도 따로 연락이 오지 않았다.

개인적인 집필 활동을 제외하면 하루 종일 널널하다.

병원을 갔다 오는 건 어려운 일도 아니었다.

"그럼요."

김두찬의 대답에 조선호가 그의 두 손을 덥석 잡았다.

"고마워요, 두찬 학생! 정말 고마워요!"

조선호의 눈에서 눈물이 맺혔다.

그와 동시에.

'…100.'

호감도가 100을 찍었다.

조선호의 정수리에서 떠오른 빛이 김두찬의 몸에 흡수되었다.

[상대방의 가장 뛰어난 능력을 익혔습니다. 보너스 스탯이 추가되었습니다.]

김두찬이 상태창을 열어 새로 얻은 능력을 확인했다.

그러자 패시브난에 '그림'이라는 항목이 생긴 게 보였다.

'역시.'

조선호의 가장 뛰어난 능력은 그림이었다.

김두찬이 방 안 가득 붙여진 초상화, 수채화, 서양화, 파스텔화, 웹툰, 만화 등등 여러 그림들을 빠르게 훑었다.

만약 조선호가 예전처럼 초상화만 그리는 작가였다면 그에게서 얻게 된 능력은 초상화였을 것이다.

하지만 지금은 상황이 달랐다.

조선호는 다방면의 그림을 그렸고 모든 그림의 질이 비슷했다.

'그림이라… 당장은 사용할 곳이 없겠지만.'

나중에는 어찌 될지 모르는 일이다.

글 잘 쓰는 작가가 그림도 잘 그린다면 그건 그것 나름대로 좋다.

"정말 내일 와주시는 거죠? 그렇죠?"

조선호가 김두찬의 손을 더욱 꽉 쥐었다.

"네. 꼭 갈게요, 할아버지."

조선호가 맺혀 있던 눈물을 꾹꾹 눌러 닦았다.

"아이쿠, 이거 늙은이가 주책이네요."

"주책은요. 그럼 내일 몇 시까지 어느 병원으로 가면 될까요?"

"오전 중에도 오실 수 있겠어요?"

"네."

"그럼 열한 시까지 강록병원 8층 소아과 병동 805호로 와

주시겠어요?"

"그럴게요."

"우리 로아가 정말 많이 좋아할 거예요. 고마워요, 고마워."

김두찬은 연신 고맙다고 하는 조선호에게 애써 미소 지어 보였다.

*　　　*　　　*

"참 여러 가지 그림이 담기네."

지하철 역 앞에서 헤어지기 전, 주정군 피디가 김두찬에게 건넨 말이었다.

"그러게요."

송하연이 맞장구쳤다.

둘 다 생각했던 것 이상으로 다양한 그림을 담았는데 기분이 그다지 좋지는 않았다.

"이거 내보내야 돼요, 말아야 돼요?"

황성주가 물었다.

"글쎄… 그게 참 고민이다. 어쩌는 게 영감님한테 좋을지……."

그때 김두찬이 무슨 생각이 들었는지 두 사람의 대화에 끼어들었다.

"내보내요."

"응?"

"내보내자고요. 조선호 할아버지와 손녀의 사연."

"음… 무슨 생각인지는 알겠어, 두찬 씨. 방송을 통해 두 사람의 사연을 전파하자는 거지? 혹시라도 도와주겠다는 사람이 나타날지도 모르니까. 하지만 그래서는 진주 찾기의 기획 의도와 초점이 흐려져. 이건 두찬 씨의 이야기가 메인이 되어야 한다고. 영감님의 사연은 내가 다른 프로그램 피디에게 말해볼 테니……."

"아니요."

김두찬이 주정군의 말을 잘랐다.

"제 이야기를 메인으로 두고서도 얼마든지 할아버지의 사연을 전할 수 있어요."

"어떻게요?"

김두찬이 생각해 놓은 방법을 촬영팀에게 털어놓았다.

이야기를 전부 듣고 난 촬영팀의 얼굴이 단박에 밝아졌다.

그들은 김두찬의 아이디어를 적극 반영하기로 하고 다음 날 약속을 잡은 뒤 헤어졌다.

\*    \*    \*

김두찬이 병원을 방문하기로 한 수요일.

조선호는 새벽부터 일어나 손녀가 있는 강록병원으로 향

했다.

형편이 넉넉지 않아 서로아는 6인실에 입원할 수밖에 없었다.

그곳에는 전부 혈액암을 앓고 있는 아이들이 입원해 있었다.

서로아는 그 병실이 영 불편했다.

혼자서 비싼 병실을 사용하고 싶은 건 아니었다.

다만, 같은 병실에 입원해 있는 12살의 여자아이 하나가 마음에 들지 않았을 뿐이다.

그 아이의 이름은 이진희.

이진희는 제법 예쁘게 생겼지만 전형적인 깍쟁이 냄새가 나는 아이였다.

게다가 질투도 심했다.

자기보다 예쁜 아이가 있으면 그냥 두고 보지 못했다.

그 아이에겐 없고 자기에겐 있는 것을 부각시켜서 꼭 기를 죽였다.

그래서 서로아가 눈엣가시였다.

서로아나 이진희나 머리를 빡빡 민 건 매한가지였다.

그런데 서로아는 머리카락 한 올 없는 모습조차도 예뻤다.

그에 이진희는 조선호가 없을 때마다 서로아를 말로 괴롭혔다.

"로아야. 너는 왜 할아버지밖에 안 와? 오늘 난 친척 오빠들이 둘이나 온다 그랬는데. 둘 다 진짜 잘생겼어."

"오늘도 할아버지만 오시지? 찾아오는 친구도 없고 우울하겠다."

"애, 매일 비현실 친오빠 사진은 뭐 하러 봐? 그런다고 없는 오빠가 생기니?"

서로아가 병실에 입원한 지 겨우 사흘째였다.

그런데 이미 이진희 때문에 진력이 나 스트레스가 극에 달할 지경이었다.

하지만 할아버지의 사정이 어떤지 알고 있었기에 차마 병실을 바꿔 달라고 할 수가 없었다.

어느 병실이든 지금 있는 곳보다는 입원비가 비쌌다.

서로아는 나이에 비해 너무 조숙했다.

오늘도 아침 일찍부터 자신을 찾아온 조선호에게 다 헤집어진 속을 애써 감추며 웃음 짓는 서로아였다.

이진희는 조선호가 있을 땐 서로아를 절대 긁지 않았다.

오히려 잘 대해주는 척 연기를 했다.

서로아는 그 모습이 너무나 구역질 나게 싫었다.

         \*         \*         \*

서로아는 오늘도 스마트폰으로 김두찬의 무반주 버스킹 영상을 보고 있었다.

조선호가 손녀 옆에 앉아 그 영상을 같이 보며 시간을 살폈다.

오전 10시 50분.

약속 시간이 다가오고 있었다.

속으로 꼭 와달라고 간절히 비는 조선호의 바람이 들렸는지 김두찬에게서 전화가 왔다.

"여보세요? 아아, 그렇군요. 아니에요. 딱히 뭐 사올 건 없어요. 앞이라고요? 제가 마중 나갈게요."

핸드폰을 내려놓은 조선호가 서로아에게 말했다.

"로아야. 지금 손님이 온다고 해서 할아버지가 잠깐 마중 나갔다 올게."

"손님?"

서로아가 눈을 동그랗게 떴다.

여태껏 서로아를 찾아온 사람은 아무도 없었기 때문에 괜히 기대가 됐다.

"웅. 잠깐만 있어라."

조선호가 손녀의 뺨을 어루만지고서 병실을 나섰다.

그러자 이진희가 기다렸다는 듯이 입을 열었다.

"누가 온대?"

"몰라."

"할아버지한테 연락하고 찾아오는 손님이면 똑같은 할아버지겠네. 아니면 할머니든가."

"……."

서로아가 입을 다물고서 스마트폰으로 시선을 돌렸다.

"너 또 두찬이 오빠 영상 보니?"

이진희도 김두찬에 대해서는 잘 알고 있었다.

요즘 가장 핫한 인터넷 스타이니만큼 초등학생들 사이에서도 제법 인지도가 있었다.

그리고 이진희는 유독 김두찬을 좋아하는 여자아이였다.

사실 그의 동영상을 처음 보는 순간부터 눈이 하트가 됐었다.

그래서 서로아가 김두찬의 영상을 보는 게 마음에 들지 않았다.

"너한테 그 오빠는 하늘에 뜬 별 같은 사람이야. 혼자 그렇게 좋아해 봤자 돌아오는 건 아무것도 없을걸?"

"…나도 알아. 그냥 내가 좋아서 보는 거야. 그럼 안 돼?"

"그거야 네 마음이지. 난 혹시라도 네가 이상한 희망 같은 걸 가질까 봐 얘기해 준 것뿐이야."

"……."

기어코 서로아의 눈에 눈물이 가득 맺혔다.

서로아는 끅끅대면서 어떻게든 눈물을 참으려 했다.

이진희는 그런 서로아를 비웃었다.

그때였다.

"로아야~ 손님 왔다."

병실 문이 열리며 조선호가 들어왔다.

이진희와 서로아는 물론 병실에 있던 다른 모든 아이들의 시선이 병실 입구로 향했다.

문 앞에서 방긋 웃고 있던 조선호가 서로아의 곁으로 다가왔다.

그러자 훤칠한 키의 청년이 병실로 들어와 서로아를 바라봤다.

둘의 시선이 마주치는 순간 맺혀 있던 서로아의 눈물이 주르륵 흘러내렸다.

눈이 튀어나올 듯 커진 서로아가 입을 두 손으로 가로막았다.

"어······?"

이진희는 입을 쩍 벌리고서 그대로 굳었다.

서로아가 영상 속에서만 접했던 그 사람, 이진희가 첫눈에 반했던 그 사람.

김두찬이 병실에 서 있었다.

그가 서로아에게 다가서서는 무릎을 꿇고 눈높이를 맞춘 뒤 인사를 건넸다.

"로아야, 안녕? 보고 싶었어."

"비현실 친오빠······?"

상상도 못 했던 광경에 이진희의 눈이 서로아와 김두찬을 바쁘게 옮겨갔다.

이진희는 머리를 크게 한 방 얻어맞은 기분이었다.

반면 서로아는 구름 위를 걷고 있는 것 같았다.

'이게 꿈은 아니겠지?'

서로아는 자기 앞에서 해맑게 미소 지으며 이런저런 얘기들을 늘어놓는 김두찬을 멍하니 바라만 봤다.

무려 10여 분간 서로아는 김두찬의 말을 그저 듣고만 있었다.

촬영팀이 그 장면을 카메라로 전부 담았다.

촬영 협조 여부에 대해서는 병원 측과 다른 환자의 보호자들에게 이미 양해를 구한 터였다.

얼굴이 나가지 않기를 바라는 환자들은 최대한 찍지 않거나 모자이크 처리를 하기로 했다.

한참 동안 김두찬을 바라보던 서로아가 겨우 한마디를 내뱉었다.

"오빠… 얼굴 만져봐도 돼요?"

"응. 얼마든지."

서로아는 용기를 내서 김두찬의 얼굴을 살짝 찔렀다. 그러고서 몸을 부르르 떨었다.

"진짜다……."

"그럼 가짜겠어?"

"할아버지, 어떻게 된 거야?"

얼떨떨한 음성으로 묻는 손녀에게 조선호는 어제 있었던

일들을 말해주었다.

얘기를 다 듣고 난 서로아의 눈이 반짝거리며 빛났다.

"무슨 운명 같아, 할아버지."

"우리 로아 얼른 나으라고 하늘이 도와주는 거야."

"정말 그런가 봐. 나 열심히 치료 받아서 꼭 나을 거야."

"그래야지. 암."

말은 그렇게 했으나 조선호의 마음은 타들어갔다.

서로아는 급성 골수성 백혈병이다.

때문에 골수를 이식받지 못하면 완치될 수가 없다.

지금은 그저 남은 생을 겨우 늘려가는 것이 전부였다.

김두찬도 어젯밤, 인터넷에 급성 골수성 백혈병에 대해 검색해 봤다. 해서, 서로아가 어떤 상태인지 잘 알고 있었다.

그는 어떻게든 서로아에게 도움이 되어주겠다 마음먹었다.

병원에서 한 시간이 넘도록 서로아와 놀아준 뒤 김두찬은 미리 사왔던 곰돌이 인형 한 쌍을 주고 돌아갔다.

꿈만 같은 시간을 보낸 서로아는 입이 귀에 걸렸다.

서로아가 자기 품에 안겨 있는 곰돌이 인형을 바라봤다.

파란 티를 입은 곰돌이가 남자, 분홍 티를 입고 리본을 멘 곰돌이가 여자였다.

"곰돌이 인형 정말 예쁘다."

이진희가 그런 서로아를 시샘 가득한 시선으로 쳐다봤다.

전 같았으면 그 눈빛을 피했을 서로아였다. 하지만 오늘은 아니었다. 당당하게 이진희를 마주 바라봤다.

그러자 입을 한 댓 발 내민 이진희가 먼저 고개를 휙 돌렸다.

그런 이진희를 가만히 보던 서로아가 무슨 생각인지 남자 곰돌이 인형을 들고 다가갔다.

"…뭐야?"

이진희가 그런 서로아의 행동을 이해 못 해 물었다.

서로아는 곰돌이 인형을 이진희에게 내밀었다.

"어……?"

예상 못 했던 상황에 이진희가 잔뜩 당황했다.

"난 한 마리 더 있으니까 이건 언니 줄게."

"날 왜 줘? 두찬 오빠가 너 준 거잖아."

"솔직히 언니 좀 미웠는데 할아버지가 나한테 못되게 구는 사람은 마음이 아파서 그러는 거라고 했어. 내가 먼저 친절하게 대해주면 아픈 마음이 다 나아서 그 사람도 나한테 친절하게 대해줄 거랬어. 그러니까 이거 받고 나 괴롭히지 말아줘. 친하게 지내자, 언니."

서로아의 말을 듣고 난 이진희는 저도 모르게 눈물이 고였다.

"어서 받아."

"진짜… 나 받아도 돼?"

무려 김두찬이 준 곰 인형이었다. 탐이 나지 않을 리 없었다.

"응. 받아도 돼."

"나 진짜 받는다?"

"응!"

이진희가 곰 인형을 건네받아 품에 꼭 끌어안았다.

동시에 참고 있던 눈물이 주르륵 흘러내렸다.

그런 이진희의 모습을 보던 서로아가 해맑게 웃었다.

"헤헤."

"남이 우는 거 보고 왜 웃어, 씨. …곰 인형 고마워."

"이제 친하게 지내자, 언니야!"

"…응. 못되게 굴어서 미안해."

"헤헤헤!"

또다시 배시시 웃는 서로아의 모습에 이진희가 피식 웃어버렸다.

이진희는 눈물을 슥슥 닦고서 서로아에게 물었다.

"근데 너 이름은 누가 지어준 거야? 사실 되게 예뻐서 조금 질투 났었는데."

"응~ 우리 아빠가 지어줬는데……."

이진희의 얘기에 종알종알 떠드는 서로아의 얼굴에는 행복이 가득 자리했다.

\*　　　　\*　　　　\*

김두찬은 촬영팀과 집에 오자마자 그림에 간접 포인트 700을 투자했다.

[그림의 랭크가 E로 업그레이드됐습니다. 랭크 업 특전이 주어집니다. 모든 그림을 초보자 수준으로 그릴 수 있게 됩니다.]
[그림의 랭크가 D로 업그레이드됐습니다. 랭크 업 특전이 주어집니다. 모든 그림을 입문자 수준으로 그릴 수 있게 됩니다.]
[그림의 랭크가 C로 업그레이드됐습니다. 랭크 업 특전이 주어집니다. 모든 그림을 숙련자 수준으로 그릴 수 있게 됩니다.]

'이 정도면 됐어.'

김두찬은 당장 A4 용지 한 장을 꺼내 연필로 밑그림을 그려 나갔다.

이를 본 송하연이 물었다.

"어제 말했던 그거 그리려고요?"

"네."

짧게 대답한 김두찬은 계속해서 그림을 그리는 데만 집중했다.

워낙 작업에 확 몰입해 버리니 송하연은 더 이상 말을 걸 수가 없었다.

'재미있다.'

그림의 랭크가 올라간 덕분에 그가 생각하던 이미지가 고스란히 연필로 표현되고 있었다.

그전에도 그림을 약간은 그릴 줄 알았으나 그야말로 취미 정도로만 즐길 수준이었다.

창작은 전혀 못 했고 따라 그리기만 가능했다.

한데 지금은 머릿속에 떠오른 그림을 손이 그대로 재현해 냈다.

그게 신기하고 재미있었다.

빠르게 밑그림을 마친 후 연필을 놓고 펜을 잡았다.

그것으로 밑그림 위에 선을 덧입혔다.

'로아의 꿈이 만화가랬지.'

김두찬은 서로아와 대화를 하며 여러 얘기를 나눴고 그 아이의 꿈이 만화가라는 것도 알게 되었다.

'할아버지가 주신 능력, 로아를 위해 사용할게요.'

김두찬의 펜 끝에서 완성되어 가는 건 한 컷의 만화였고, 주인공은 서로아였다.

머리카락이 전부 빠졌지만 특유의 귀여운 미모와 밝은 미소는 고스란히 담겨 있었다.

아이의 손에는 풍선 한 다발이 들려 있었다.

서로아의 머리 위에 둥실 뜬 풍선들엔 여러 가지 추억이 그림으로 표현되어 있었다.

서로아가 할아버지와 놀이공원에서 노는 모습.

함께 맛있는 음식을 먹는 모습.

할아버지 품에 안겨 행복하게 잠든 모습.

같이 극장에서 영화를 보는 모습.

웹툰을 보고 그림을 그리는 모습.

그런 모습들이 풍선 하나하나마다 담겨 있었다.

그것은 서로아와 대화를 하면서 찾아낸 아이의 추억들이었다.

'됐어.'

김두찬은 완성된 그림을 폰카로 촬영했다.

그리고 컴퓨터로 보낸 뒤, 자신의 SNS에 짤막한 글과 함께 사진을 업로드했다.

이를 본 송하연과 주정군이 고개를 끄덕였다.

'그래. 이렇게 하면 두찬 씨의 일상이 메인으로 잡히면서 자연히 로아에 관한 사정을 알릴 수 있어.'

'그나저나 두찬이 그림 엄청 잘 그리네. 못하는 게 뭐야?'

김두찬이 올린 그림에는 만화가가 꿈이지만 백혈병에 걸려 시한부 인생을 선고받은 서로아의 이야기가 짧고 담백하게 담겼다.

아울러 그 아이를 도와달라는 호소와 함께 이런 글이 실려 있었다.

〈로아는 아직 풍선에 담고 싶은 이야기들이 많습니다.〉

보는 사람들로 하여금 눈살을 찌푸리지 않게 하면서도 자연스레 안타까운 마음이 일도록 하는 그런 글귀였다.

단 네 줄의 글만으로 서로아가 처한 상황과 함께 이런 감정을 전달할 수 있다는 사실에 송하연은 적잖이 놀랐다.

장문으로 누군가를 감동시키는 건 크게 어렵지 않다.

그러나 단문으로 감동을 준다는 건 어려운 일이다.

한데 김두찬은 즉석에서 약간의 고민도 없이 그런 글을 써냈다.

'이 아이는… 진짜 진주야.'

김두찬을 보는 송하연의 눈이 보석을 보는 사람처럼 빛났다.

"이렇게 하면 사람들이 많이 퍼 나르겠죠."

김두찬이 조용히 말을 흘렸다.

"어… 네 계정이라면 당연히 그렇겠지."

김두찬은 방송을 타면서 더욱 핫해졌다. 때문에 그의 SNS도 매일매일 방문자 수가 늘어나고 있는 실정이다.

거기에 눈에 띄는 그림과 절절한 사연이 담긴 글을 올리면 많은 사람들이 공유할 것이 틀림없었다.

모두의 예상대로 단 10분 만에 그 게시물은 무려 100번이 넘게 공유되었다.

한 명이 공유를 하면 그 사람의 친구들이 공유를 하고, 또다시 그 친구의 친구들이 공유를 했다.

최초 게시자가 김두찬이기에 그 파급력이 더 컸다.

빠르게 올라가는 공유 횟수를 보며 김두찬의 얼굴에 미소가 번졌다.

'됐어.'

처음에는 글로만 서로아의 사연을 전한 뒤 도움을 구하려 했다.

한데 그것만으로는 조금 약할 것 같아 서로아의 얼굴을 그려 넣은 것이다.

아무래도 이미지가 들어가면 더 시선이 가기 마련이니까.

더불어 그림은 글에 힘을 실어주는 역할도 한다.

"두찬 씨."

송하연이 김두찬을 불렀다.

"네?"

"지금 올린 게시물에 우리 사무실 전화번호 넣어주세요."

"왜요?"

"만약에 돕겠다는 사람들이 나타나면 하나같이 두찬 씨한테 메시지 날아올 텐데 그거 관리할 여력 있겠어요? 그런 건 이쪽 사람들이 잘해요. 어차피 우리 방송이랑 전혀 관련 없는 일도 아니니까요."

"아… 그래주시면 저야 감사하죠."

"번호 알려 드릴게요."

김두찬은 게시물을 수정해 송하연이 알려준 사무실 번호를 게재했다.

"오케이. 좋은 소식 있으면 바로 알려 드릴게요. 벌써 공유 횟수가 200을 넘어가네. 이 정도 속도로 퍼지면 분명히 몇 명은 골수 기증하겠다고 나설지도 몰라요."

"정말 그럴까요?"

"아직 우리나라 사람들 인정이 그렇게까지 메마르지 않았거든요. 하다하다 안 되면 이번 촬영 끝나고 나부터 조직 검사 해볼게요."

"그럼 나도."

"저도요."

"아서요. 나야 침상에 누워서 아이디어 회의 하고 글 써도 되는데 두 분은 현장 뛰어다녀야 하잖아요. 지금이야 내가 좋아서 같이 뛰는 거고."

"……"

송하연의 말이 모두 맞는지라 두 남자는 할 말이 궁해졌다.

"아무튼 그렇게 정리하고 오늘 촬영은 여기서 접는 게 어떻겠어요? 두찬 씨 혼자 집중해서 글도 쓸 겸, 우리도 좀 쉬고 회의 한 번 할 겸."

"그래. 여기서 시마이!"

"후우."

"그럼 두찬 씨, 연락 줄게. 내일은 어차피 학교 강의 들을 테니 촬영 건너뛰고 금요일 날 집으로 올게요."

주정군 피디가 촬영 일정을 정하고서 송 작가와 황 감독을 데리고 떠났다.

집에 혼자 남게 된 김두찬은 일이 잘 되기를 바라며 SNS를
닫았다.

그리고 글을 열었다.

몽중인은 현재 6화까지 연재된 상태다.

글은 한 번 갈아엎은 이후 무너지지 않으면서 줄곧 좋은 흐
름을 타고 나갔다.

지금 비축된 분량은 10화까지였다.

이제 반 정도 온 것이다.

"이어나가 보자."

타타타탁! 타타탁!

김두찬이 빠르게 글을 써나갔다.

A랭크의 스토리텔링과 하루도 빼먹지 않고 꾸준히 해온 독
서, 그리고 스스로에 대한 반성과 채찍질이 그의 필력을 월등
히 발전시켜 줬다.

김두찬은 시간 가는 줄 모르고 몽중인의 세계에 푹 빠져들
었다.

\*         \*         \*

'14화까지 완료.'

비축분 4화를 더 만들어놓고 시계를 보니 그새 5시간이 흘
러 있었다.

창밖의 해는 어둠에 밀려 산 너머로 떨어졌다.

김두찬은 자신이 쓴 원고를 퇴고한 뒤, 인터넷에 7화와 8화를 업로드했다.

그러자 독자들이 열광하며 댓글을 달았다.

6화의 이후 내용이 궁금해 다음 화를 내놓으라며 성화였으니 당연한 반응이었다.

김두찬은 자신의 글에 달리는 독자들의 댓글을 감사한 마음으로 읽으며 한편으로는 그런 생각을 했다.

'매일 일기를 한 편씩 써볼까? 짧게라도.'

몽중인을 집필하지 않는 시간에도 손을 계속 놀릴 필요가 있을 것 같았다.

아울러 한 작품에만 빠져 글을 쓰다 보면 문장이나 어휘 같은 것이 정형화되어 고착되는 문제가 생기기도 했다.

그걸 막기 위해서는 전환이 필요하다.

그 수단으로 김두찬은 일기를 생각했다.

너무 거창하지 않게, 남 주인공이 1인칭으로 자신이 했던 일들을 열거하듯이 편하게 써볼 참이었다.

그가 서랍을 열었다.

거기엔 작년 말에 별 이유도 없이 사놓고 몇 번 열어보지 않았던 다이어리가 놓여 있었다.

김두찬은 거기에다 당장 오늘 있었던 일들부터 기입하기 시작했다.

그가 한참 일기를 적어나가던 중이었다.

지이이이잉—

스마트폰이 몸을 떨었다.

"응? 어디지?"

찍힌 전화번호를 보니 서울이었다.

"여보세요."

김두찬이 전화를 받자 듣기 좋은 여인의 음성이 들려왔다.

—안녕하세요. 혹시 김두찬 님 전화가 맞나요?

"네, 맞는데 어디세요?"

—아, 네! 저는 아리나 엔터테인먼트 캐스팅 매니저 곽소미라고 해요.

"네, 안녕하세요. 한데 어쩐 일로 전화를 주셨는지……?"

—거두절미하고 본론부터 말씀드리자면 김두찬 님과 좋은 인연을 맺고 싶은 마음에 실례인 줄 알면서도 이렇게 갑자기 연락을……

"저 죄송한데요."

김두찬이 곽소미의 말을 잘랐다.

—네?

"제가 지금 연재하는 글 때문에 바빠서, 그쪽 일에는 생각이 없어요. 전화 주셨는데 죄송합니다. 이만 끊을게요."

—자, 잠깐만요, 두찬 님! 일단 계약 조건부터 들어보시고……!

"죄송해요!"

김두찬이 전화를 끊었다.

"하아, 이런 전화 거절하는 것도 은근히 부담스럽네."

지이이이잉—

전화를 끊자마자 문자 한 통이 왔다.

방금 전화 통화를 했던 곽소미였다.

문자에는 계약 조건에 대해 들어보고 결정해도 되지 않겠냐며, 언제든 생각 바뀌면 전화 한 번 달라는 얘기가 아주 정중한 어조로 담겨 있었다.

김두찬이 고개를 절레절레 젓고서 스마트폰을 끄려는데 또다시 문자가 왔다.

—안녕하세요, 김두찬 님. 저는 신성 엔터테인먼트 대표이사 박대기…….

"허어?"

이번에는 다른 엔터테인먼트 회사에서 온 문자였다.

그것도 대표이사가 직접 연락을 취했다.

진주 찾기 방송 이후 김두찬은 여러 연예 기획사의 러브콜 1순위가 되었다.

\*　　　　\*　　　　\*

플레이 인에서는 회의실에서 한창 팀장 회의가 진행 중이었다.

그 안에는 캐스팅 매니저이자 신인 개발팀장인 소지원도 함께였다.

그는 일전에 김두찬에게 러브콜을 보낸 사람이기도 했다.

김두찬은 그의 캐스팅 제의를 바빠서 못 하겠다는 단답으로 대차게 거절했었다.

"진주 찾기는 다들 봤죠?"

소지원의 물음에 일제히 고개를 끄덕였다.

"보니까 연예계보다는 예술 쪽에 관심이 많은 것 같아요. 그 마스크에 그 몸매를 가지고… 진짜 아깝다."

"그러니까. 노래는 또 좀 잘하냐고요."

조선아 팀장과 고명욱 팀장이 한마디씩 했다.

짝짝!

소지원이 박수를 쳐 분산된 분위기를 집중시킨 뒤 말을 이었다.

"아무튼 본인이 끝까지 싫다는데 억지로 끌어들일 수는 없어요."

"돈으로 밀어붙여 보죠."

"그런 걸로 넘어올 사람이었으면 내가 바쁜 여러분 불러서 이러고 있겠어요? 다른 수단이 필요해요."

"근데 이쪽 일 관심 없는 거 연막 아닐까요? 그랬다면 애초에 방송 같은 데 출연하지 않았을 것 같은데."

"난 밀당하는 거 같아."

"밀당?"

"그런 원석을 다른 기획사에서 가만뒀겠어요? 이미 이리저리 접촉해 왔겠지. 들어오는 조건들 봐가면서 무게 재는 것 같은데."

그 말에 가만히 생각해 보던 소지원이 손을 휘휘 저었다.

"아닐걸요. 그런 류의 인간들이랑은 풍기는 냄새부터가 달라."

"직접 만나본 것도 아닌데 단정하기는 좀 위험하지 않나요?"

"내 별명 개코인 거 알면서 그런 말을 하시네요, 고 팀장님. 아무튼 발상의 전환이 필요해요. 허영심이라고는 눈곱만큼도 없는 스타일이야."

소지원의 말이 끝나자 팀장들이 돌아가면서 한마디씩 내놓았다.

"그럼 이런 경우는… 우리 쪽에서 제시할 수 있는 걸 보여주기보다 그쪽이 원하는 걸 먼저 들어주는 게 좋겠죠."

"음… 김두찬이 원하는 거라. 그건 이미 답이 나와 있지 않나요?"

"작가가 되는 거."

"그렇죠."

"그렇다고 방송 작가 시켜준다는 식으로 딜 칠 거는 아니잖아요?"

"왜 꼭 방송 작가 쪽으로만 생각을 하죠?"

"그럼 우리가 내놓을 카드가 그거 말고 더 있겠어요?"

"스타 작가."

조선아 팀장의 말에 일순 좌중이 조용해졌다.

"시사 교양 프로그램에 패널로도 나오고, 예능 프로그램에도 간혹 나와서 사람들이 얼굴도 알고 그의 글도 아는 스타 작가 쪽으로 키우면 되지 않겠어요?"

소지원이 손가락을 딱! 튕겼다.

"바로 그거죠. 답 나왔네. 지금 독보적인 스타 작가가 누구예요? 아리나 엔터테인먼트의 허 작가예요."

"그렇죠. 글 잘 쓰고 예쁘고, 스마트한 데다 입담도 괜찮으니까."

"아리나 엔터테인먼트에서 그녀의 스타성을 알아보고 방향을 잘 잡아줬죠."

"우리도 김두찬을 스타 작가로 만드는 거예요. 그 정도 비주얼이면 그냥 패널로 앉혀만 놔도 시청률 오를걸?"

"그 시청률 저조한 진주 찾기 한 번 나왔는데 팬카페 생기고 짤방 엄청나게 돌아다니는 것 봐. 게다가 방송 당일엔 인터넷 실검 다 갈아 치웠죠."

"그걸로 갑시다. 제가 다시 러브콜 보내 볼게요. 작가로서 안정적인 집필 활동을 할 수 있도록 모든 지원을 아끼지 않겠다는 쪽으로 플랜 짜는 걸로."

"회의 끝났네?"

"이런 게 좋죠. 짧고 알차게. 일어들 납시다."

소지원이 자리를 털고 회의실을 나갔다.

       \*             \*             \*

그 전날, 김두찬은 자정이 넘은 시간까지 글을 집필하다가 9, 10, 11화를 업로드하고 잠이 들었다.

한 번에 세 편이나 올려 버리니 독자들은 신이 났다.

미친 듯한 집필 속도도 고마운데 뛰어난 퀄리티를 한결같이 유지하니 더더욱 열광할 수밖에 없었다.

다음 날 아침.

눈을 뜨자마자 버릇처럼 컴퓨터를 켜서 환상서에 접속한 김두찬은 자신의 눈을 의심했다.

'이게 진짜야?'

자리에서 벌떡 일어나 화장실에서 세수를 하고 돌아왔다. 그리고 맑은 정신으로 다시 모니터를 살폈다.

'잘못 본 게 아니야.'

또렷한 정신에도 아까 봤던 것들이 똑같이 보였다.

환상서의 메인 페이지에 무료 부문 일일 베스트 1위, 주간 베스트 1위, 신인 베스트 1위, 종합 베스트 1위까지 전부 몽중인의 이름으로 도배가 되어 있었다.

"우와아."

김두찬은 크게 소리 지르고 싶은 걸 겨우 참았다.

신인이 처음으로 연재한 글이 불과 연재 8일 만에 모든 인기 순위를 갈아 치우다니!

이건 센세이션을 떠나 여태 전례가 없는 기적 같은 일이었다.

물론 환상서에 첫 작품부터 대박을 터뜨린 대형 신인들이 심심찮게 등장하기는 했었다.

하지만 이런 대기록은 아무도 세우지 못했다.

현재 몽중인이 따지 못한 타이틀은 월간 베스트 1위밖에 없었다.

연재한 게시물 수와 연재 일수가 적으니 후보 자체에 들어가지 않아 어쩔 수 없는 부분이었다.

하지만 종합 베스트는 그런 것과 상관없이 연재된 게시물의 종합 조회 수, 댓글 수, 추천 수를 토대로 평가한다.

때문에 아직 11화까지밖에 연재하지 않은 글이 1위를 했다는 건 그야말로 타 작품에 비해 압도적이라는 뜻이었다.

김두찬이 일일 베스트의 순위를 자세히 살폈다.

1위에 랭크되어 있는 몽중인의 조회 수가 5만이었다.

한데 바로 밑에 있는 2위의 조회 수는 2만 2천이었다.

사실 2만 2천도 대단한 조회 수였다.

그런데 몽중인은 그 두 배를 넘어서 버렸다.

'어제까지만 해도 평균 조회 수 4만 5천이 조금 넘었는데.'

하룻밤 자고 일어나니 5천이 올라 있었다.

김두찬이 몽중인의 게시판으로 들어갔다.

1화의 조회 수가 5만 5천이었고 그 위로는 죽 5만의 선을 유지했다.

독자들의 이탈률이 거의 없었다.

추천 게시판은 몽중인을 찬양하는 게시물로 난리가 났다.

한 작품의 연속적인 추천을 자제하는 조항도 소용이 없었다.

자유게시판은 앞으로 몽중인이 어떤 식으로 마무리 될지에 대한 얘기로 의견이 분분했다.

아울러 어느 출판사에서 이 작품을 가져가게 될는지도 초미의 관심사였다.

몽중인을 잡는 출판사는 무조건 대박 난다는 것이 일관된 여론이었다.

김두찬이 메시지함을 열어봤다.

거기엔 독자들과 작가들, 그리고 출판사들이 보낸 메시지들로 가득이었다.

특히 출판사의 경우 한 출판사당 두세 개의 메시지를 지속적으로 보내놓은 상황이었다.

이미 장르 문학을 출판하는 열일곱 곳의 출판사가 전부 러브콜을 보냈다.

뿐만 아니라 일반 문학을 출판하는 세 군데의 출판사까지 연락이 왔다.

개중엔 노골적으로 계약 조건을 제시하는 곳도 있었다.

김두찬은 그 많은 출판사 중 어디와 손을 잡아야 할지 행복한 고민에 빠졌다.

하지만 섣불리 정할 수는 없었다.

이 문제는 혼자 결정하기에는 무리가 있었기에 누군가의 도움이 필요할 것 같았다.

그런 생각을 하자마자 떠오른 사람이 바로 채소다였다.

'조만간 연락을 해봐야겠다.'

아마 이제 채소다도 몽중인을 연재하는 김두찬이 자신이라는 것을 알 터였다.

진주 찾기 방송이 나갔기 때문이다.

김두찬은 메시지함을 닫고 새로 달린 댓글들을 읽어나갔다.

한 화당 평균 300개씩의 댓글이 달려 전부 읽는 데만도 시간이 제법 소비됐다.

'악플이 거의 없어.'

글이 무너지지 않았다는 얘기다.

한 번의 실패를 맛본 뒤 반성하고 노력해서 정진해 나간 보람이 있었다.

'추천 수는 평균 4천.'

전무후무한 기록이었다.

게시판을 보는 것만으로도 배가 부르고 흐뭇했다.

'좋아, 여긴 문제없고.'

김두찬이 이번엔 SNS 페이지를 열었다.

그리자 어제 올린 그림이 가장 먼저 나타났다.

'어디 보자. 공유 횟수가… 2만이 넘었어?'

하룻밤 사이 그의 그림은 2만 번 이상 공유되었다.

좋아요는 30만 이상이 찍혔다.

아울러 김두찬과 서로아를 응원하는 댓글들이 수만 개나 달렸다.

그중 가장 공감을 많이 받은 댓글이 김두찬의 시선을 끌었다.

**주로미**: 서로아 수술비 모으기 크라우드 펀딩 페이지를 개설했습니다. 접속해서 도움을 주세요. 주소: …….

"어? 주로미?"

크라우드 펀딩 페이지를 만들었다고 하는 이는 다름 아닌 주로미였다.

김두찬이 이름을 눌러 그녀의 SNS에 접속했다.

사진이 딱 한 장 업로드되어 있었는데 김두찬이 아는 주로미가 맞았다.

그가 크라우드 펀딩 페이지에 접속해 봤다.

이미 많은 사람들의 참여로 120만 원 가까이 모여 있었다.

'로미가 어떻게 이런 생각을 했지?'

항상 조용히만 있는 여인인지라 대단히 의외였다.

아무튼 이 정도의 성원이라면 골수 기증자도 충분히 나올 것 같았다.

진행되는 모든 상황이 희망적이었다.

김두찬은 이 기분을 더 만끽하고 싶었지만 이제 나가봐야 할 시간이었다.

목요일 첫 강의는 10시 10분부터였다.

지금 시간은 7시 반.

여유가 충분했지만 김두찬은 학교에 가기 전에 들러야 할 곳이 있었다.

서로아가 입원한 병원이었다.


*　　　　*　　　　*


"로아야, 안녕?"

"두찬 오빠!"

"아니, 두찬 청년? 어떻게 또 왔어요?"

"로아 보고 싶어서요."

김두찬이 또 찾아올 거라고 생각도 못 했던 조선호와 서로아는 격하게 그를 반겼다.

김두찬은 앞으로도 매일 서로아를 찾아가겠다 마음먹었다.

어차피 강의와 집필, 일주일에 한두 번 있는 피팅 모델 촬영을 제외하면 시간적 여유는 충분했다.

때문에 그 시간을 좀 더 유익하게 보내고 싶었고, 그것이 서로아를 기쁘게 해주는 일이라면 더욱 좋을 거라고 생각했다.

김두찬의 예상대로 서로아는 그저 그를 만나 이야기를 주고받는 것만으로도 대단히 즐거워했다.

그런 서로아를 건너편 침상에 누워 있던 이진희가 부럽게 바라봤다.

그 시선을 눈치챈 서로아가 손짓을 해 이진희를 불렀다.

"언니도 이리 와. 같이 놀자."

이진희는 못 이기는 척 쭈뼛거리며 다가가 두 사람의 대화에 끼어들었다.

그렇게 세 사람은 즐거운 시간을 가졌다.

\*        \*        \*

강의실에 도착하자마자 김두찬은 먼저 와 있던 주로미에게 다가갔다.

그리고 그녀의 두 손을 덥석 잡았다.

"고마워, 로미야!"

"두, 두찬아."

예고 없이 훅 들어온 스킨십에 주로미의 두 뺨이 붉어졌다.

그 광경을 주변의 모든 학생들이 눈을 동그랗게 뜨고 지켜봤다.

여자들은 하나같이 주로미에게 부러운 시선을 던졌다.

"어떻게 그런 생각을 했어?"

"어? 아니, 그냥 네가 좋은 일 하는 거 보고 뭐라도 도움이 되고 싶었어."

"정말 고마워. 덕분에 로아가 더 힘을 얻을 수 있을 것 같아."

"그래? 다행이다. 로아는 두찬이 네가 이런 일 하고 있는 거 알아?"

"아니, 아직. 나중에 더 확실해지면 알려주려고."

"그렇구나. 다음에 기회가 된다면 나도 같이 가보고 싶어."

"그래주면 고맙지. 당장 내일도 가볼 생각인데 시간 돼?"

"응."

주로미가 고개를 끄덕였다.

그러자 여기저기서 다른 학생들이 끼어들었다.

"나도 시간 돼, 두찬아."

"나도."

"내일이면 별 약속 없어."

"우리도 로아 보러 같이 가면 안 될까?"

서로 나서는 학생들을 보며 김두찬이 기분 좋게 대답했다.

"응. 같이 가자."

*      *      *

강의를 마치자마자 집에 돌아온 김두찬은 오늘 서로아와 있었던 일들을 간단하게 정리해 SNS에 업로드했다.

물론 글만 적은 건 아니었다.

서로아와 조선호가 함께 찍은 사진도 첨부했다.

사진을 올리는 것에 대해서는 둘 모두에게 허락을 받았다.

그는 이런 식으로 매일매일 서로아의 이야기를 업로드할 생각이었다.

그편이 사람들의 공감과 유대감을 더욱 불러일으킬 수 있을 것 같았다.

글 말미에는 크라우드 펀딩 페이지 주소도 붙여 넣었다.

김두찬이 올린 글은 전처럼 빠르게 공유되어 퍼져 나갔다. 이렇게 되면 펀딩 모금액도 눈덩이처럼 불어날 게 틀림없었다.

"후우."

하루를 정신없이 보낸 김두찬이 이제 겨우 한숨을 돌렸다.

그리고 무슨 생각을 하다가 메시지함을 열었다.

거기엔 채소다에게서 온 메시지가 몇 통 담겨 있었다.

김두찬이 서태휘라는 이름을 눌러 메시지 쓰기 버튼을 눌렀다.

타타타탁! 타타탁!

그의 손이 빠르게 채소다에게 보낼 내용을 두들겨 나갔다.

# Liking 40
계약

채소다는 요즘 몽중인에 푹 빠져 있었다.

하루에도 연재된 글을 몇 번씩 다시 읽어볼 정도로 말이다.

읽으면 읽을수록 몽중인은 '완벽에 가깝다'라는 생각밖에 떠오르지 않았다.

물론 아직 문장이나 어휘력이 어설픈 부분이 있지만, 기본적으로 스토리가 늘어지거나 이상한 쪽으로 튀지 않았다.

캐릭터들도 처음 정립한 개성 그대로 무너지지 않고 나아갔다.

안정감이 있으면서도 흡인력이 강하고 무엇보다 재미있었다.

몽중인은 가볍기보단 복잡한 글이었고 요즘 유행하는 클리셰를 전혀 차용하지 않았다.

그럼에도 확실한 재미를 주고 있었다.

채소다는 몽중인의 최신 화까지 연거푸 다섯 번을 완주했다.

그런데 그때였다.

"어?"

김두찬에게서 메시지가 왔다.

채소다가 바로 메시지를 열어 읽어봤다.

거기엔 여러 번 자신을 도와준 채소다에게 고마움을 전하는 글귀와 함께 출판사 계약 문제에 대한 도움을 청하는 내용이 담겨 있었다.

"계약이라… 확실히 그럴 때가 됐지."

채소다가 김두찬에게 답장을 보냈다.

―제의 보낸 출판사가 몇 군데나 되죠?

메시지를 보내자마자 바로 답장이 왔다.

―20이에요.

―20이면… 지금 있는 장르 출판사보다 수가 많은데요? 출판사 이름 전부 적어서 보내주시겠어요?

김두찬은 계약 제의를 보낸 출판사의 이름을 전부 적어서 보냈다. 그걸 읽어본 채소다가 고개를 주억거렸다.

"오르막, 글벗, 아띠 출판사라. 일반 출판사에서도 연락이 왔구나. 하긴 충분히 탐이 날 만한 글이지. 흐잉, 부럽다 두찬이."

채소다는 찡얼거리면서도 김두찬에게 답장을 보냈다.

—김 작가님의 글은 장편이지만 단권으로 끝날 사이즈인 데다가 현실에서 너무 동떨어지지 않은 이야기를 다루고 있죠. 일상 속의 작은 판타지로 사람들에게 꿈과 희망을 주는… 어른들을 위한 동화라고 하기에 딱 좋죠. 그렇게 자극적이지도, 요즘 흔히 말하는 사이다물도 아닌데 독자들은 김 작가님의 글에 열광하고 있어요. 사실 엄밀히 따져보자면 판타지라기보다 일반 소설에 더 가깝죠. 해서 저는 아띠 출판사와 손을 잡으면 어떨까 해요. 제가 모든 출판사 사정에 빠삭한 건 아지만 대충 돌아가는 상황은 알거든요.

그다음부터는 채소다가 추천하고자 하는 출판사에 관한 이야기였다.

김두찬은 전보다 신중을 기해 한 자 한 자 읽어 내려갔다.

—아띠 출판사는 작가 대우가 가장 좋고, 계약 조건도 현 업계 최고라고 소문이 나 있어요. 장르 출판사도 아닌데 장르 작가들까지 알 정도면 말 다 한 거죠. 아울러 30년 이상 재정난에 시달리지 않고 안정적으로 회사를 이끌어 온 거목이에요. 잡음 하나 없이 깨끗한 곳이죠.

"와, 대단하다."

김두찬은 그렇게 대단한 출판사에서 자신에게 계약을 세안했다는 게 그저 놀라웠다.

—그럼 서 작가님이 보시기엔 아띠 출판사와 손잡는 게 가장 이상적이라

는 거죠?

—그 이상의 출판사는 사실 지금 한국에서 찾아볼 수 없다고 생각해요. 하지만 아무나 아띠 출판사에 갈 수는 없어요. 아띠는 항상 먼저 손을 내밀어요. 그때만 잡을 수 있죠. 그들의 눈에 들기 위해서는 성공할 가능성이 있는 글로는 안 돼요. 적어도 출판업계를 흔들어놓을 수 있을 정도의 글이어야 해요. 아띠가 보기엔 김 작가님의 글이 그랬던 거예요.

채소다의 메시지를 읽고 나서 김두찬의 가슴이 미친 듯이 뛰었다.

대한민국 최고의 출판사가 자신의 글을 인정했다. 출판업계를 뒤집어놓을 글이라고 판단했다.

그녀가 아는 채소다는 특이하긴 해도 어디서 주워 들은 소문이나 어림짐작한 내용들만 가지고 이게 진실이라는 식으로 말할 사람이 아니었다.

김두찬의 마음이 아띠와 손을 잡는 쪽으로 기울었다.

—감사합니다, 서 작가님. 덕분에 머릿속이 정리가 되는 것 같아요. 제가 뭐라도 보답을 드리고 싶은데 현재로서는 감사하다는 말밖에는 해드릴 수 있는 게 없어서 안타깝네요.

—그런 마음이면 충분합니다. 그리고 제가 말씀드린 건 오로지 제 주관적인 의견일 뿐이니, 결정은 김 작가님께서 신중히 생각하고 여기저기 재본 뒤에 내리도록 하세요. 그럼 건필하시길.

채소다의 마지막 메시지를 읽은 김두찬이 해맑게 미소 지었다.

"다음에 소다 누나 고기라도 사주러 가야겠다."

이제 김두찬이 자기라는 걸 알고 있을 텐데도 끝까지 스스로의 정체를 숨기려 하는 모습이 귀여웠다.

김두찬은 인터넷에 아띠 출판사를 검색했다.

그러자 출판사 정보와 출간한 책들, 그리고 함께 작업했던 작가들과 출판 관계자의 인터뷰 기사들이 주르륵 나타났다.

김두찬은 그것들을 빠르게 훑어봤다.

출판사는 부천에 있었다.

출판사 이름으로 검색되는 책의 종류는 종이책과 E—book을 합해서 수백이 넘었다.

작가들의 인터뷰에서 간혹 출판사의 이름이 언급되는 경우가 있었다. 전부 긍정적이고 좋은 얘기들이었다.

'이건 뭐… 인터뷰라서 이렇게 얘기했을 수도 있으니까.'

김두찬은 연관 검색어에서 가장 많이 뜨는 작가 이름들 중 인지도가 가장 높은 허지나 작가의 이름을 클릭했다.

그러자 그녀에 대한 관련 정보가 주르륵 떴다.

허지나는 로맨스 전문 작가로 최근 방송에도 자주 출연해 인지도가 어마어마하게 높아진 케이스였다.

작가로서는 이례적으로 연예 기획사와 계약을 해 케어를 받고 있었다.

김두찬이 그녀의 SNS에 접속했다.

허지나는 일주일 주기로 한 번씩 게시물을 올리곤 했는데 대부분의 내용이 아띠 출판사와 관련된 것이었다.

사진 역시 출판사 안에서 직원들과 함께 커피를 마시거나 담소를 나누는 것이 대부분이었다.

'일단 한 번 만나봐야겠다.'

결국 마음을 정한 김두찬이 아띠 출판사에게 긍정적인 답변을 보냈다.

그리고 나머지 다른 출판사들에겐 정중한 거절의 의사를 밝혔다.

"휴우."

큰일을 하나 끝냈더니 절로 한숨이 나왔다.

그때였다.

메시지함이 반짝였다.

열어보니 아띠 출판사에서 답 메시지가 와 있었다.

"벌써?"

김두찬은 메시지를 확인했다.

거기엔 내일이라도 당장 김두찬을 만나러 오겠다는 내용과 담당자의 이름, 개인 연락처가 적혀 있었다.

"선우동? 이름 특이하네."

김두찬이 선우동의 번호로 문자를 보냈다.

—안녕하세요, 김두찬입니다.

그러자 바로 전화가 왔다.

"여보세요."

─김 작가님, 안녕하세요! 아띠 출판사 이사 선우동입니다! 보통 이름이 특이하다고 하는데 성이 특이한 겁니다. 성이 선우, 이름이 동이거든요. 하하!

스마트폰 너머로 활기차고 밝은 남자의 음성이 들려왔다.

"네, 선 이사님. 반가워요."

─이렇게 만나뵐 기회를 주셔서 정말 감사드립니다! 실례지만 김 작가님 계시는 지역이 어디십니까?

"구리에 살고 있어요."

─아~ 좋은 동네 살고 계시네요. 혹 내일 시간 괜찮으시면 제가 작가님 댁으로 방문드리겠습니다! 댁에서 보시는 게 불편하시면 밖에서 식사나 술 한 잔 어떻겠습니까? 법카로 대접해 드리겠습니다.

'붙임성이 되게 좋네. 영업하는 사람들은 다 이런가?'

김두찬에게 선우동은 처음 접하는 타입의 사람이었다.

류정아도 붙임성이 좋긴 하지만 둘 사이엔 주로미라는 연결고리가 있었다.

아무튼 내일은 금요일이니 학교에 가지 않는다.

김두찬은 이왕 계약을 하기로 한 거 빨리 보는 게 낫겠다고 생각했다.

"네, 알겠어요. 내일 그럼 구리시 인 백화점 정문 앞에서 음… 점심쯤에 뵐까요?"

"좋습니다! 제가 12시까지 말씀하신 곳으로 가겠습니다. 이번 만남이 절대 의미 없는 시간으로 흘러가지 않도록 노력하겠습니다. 그럼 내일 뵙겠습니다!"

"감사합니다. 들어가세요, 선우 이사님."

통화는 그렇게 끊겼다.

'출판 관계자와 만난다니……'

이제 정말 작가라는 타이틀이 손만 뻗으면 닿을 곳에 있는 느낌이 들었다.

김두찬은 내일 만남을 기대하며 신나게 몽중인을 집필해 나갔다.

*　　　　*　　　　*

"후!"

무려 세 시간 동안 쉬지 않고 키보드를 두들긴 결과, 비축분을 17화까지 만들었다.

인터넷에 올라와 있는 분량은 11화.

여유 분량은 충분하고도 남았다.

김두찬이 써놓은 글을 퇴고하려는데 갑자기 거실이 소란스러워졌다.

"뭐지?"

김두찬이 방문을 열고 밖으로 나갔다.

그러자 오래간만에 보는 반가운 얼굴들이 우르르 다가와

김두찬을 반겼다.

"두찬아~! 오래간만이다! 텔레비전에 나온 거 잘 봤다!"

"아이고, 자랑스러운 우리 새끼!"

"외삼촌이 동네방네 저게 내 조카라고 광고하고 다녔지 뭐냐!"

"내 사람, 잘 지냈는가?"

김두찬은 기습적으로 이루어진 외가 친척 군단의 스킨십 러시에 정신이 반쯤 나가 버렸다.

"이, 이모들! 외삼촌! 아니, 형, 누나들까지……."

외가 쪽 사람들 열한 명이 김두찬의 앞에 모여 있는 광경은 마치 팬미팅을 보는 것 같았다.

심현미와 김승진이 조금 떨어져서 그 광경을 흐뭇하게 바라봤다.

"아니, 어떻게들 오셨어요?"

"방송 보고 당장 다음 날 오고 싶었는데 다 같이 시간 맞춰 오느라 늦은 거야."

둘째 이모 심승미가 대답했다.

"근데 우리 두찬이 노래를 언제부터 그리 잘 불렀대?"

막내 이모 심유미가 물었다.

"원래 잘생긴 애들이 노래도 잘 불러. 그나저나 두찬이 이제 완전 연예인이네, 연예인?"

첫째 이모 심주미가 신나서 떠들었다.

"하여튼 호들갑들은. 두찬아, 나랑 셀카 하나 찍자."

심가의 장남이자 김두찬의 외삼촌인 심영래가 옆에 바짝 붙어 서서 스마트폰을 들이밀었다.

"김치~!"

그 순간 세 명의 이모와 이모부들, 그리고 한 명씩 데려온 친척들의 자식 넷이 일제히 달려들었다.

"김치~!"

다 같이 김치를 외치는 순간 외삼촌의 손이 촬영 버튼을 눌렀다.

찰칵!

*　　　　*　　　　*

오래간만에 모인 친척들은 새벽까지 잠들 줄을 몰랐다.

심현미는 반가운 가족들을 위해 피곤한 몸에도 술상을 차렸다.

결국 김두찬의 가족과 외가 쪽 사람들이 다 함께 모여 술판을 벌였다.

김두찬을 보러 온 친척들의 호감도는 평균적으로 60 이상이었다.

원래는 그보다 낮았다.

그전까지의 김두찬은 친척들에게도 사교성 없고 누구와도

어울리기 싫어하는 이미지였기 때문이다.

김두찬은 친척들에게조차 비호감에 가까운 사람이 되었고, 그 상태로 몇 년간 왕래가 없었다.

근래 김두찬의 가족 사정이 안 좋았기에 심현미가 친척들과의 만남을 꺼려 했기 때문이다.

그러다가 식당 일도 잘 풀리고 아들마저 날아다니니 비로소 마음의 여유가 생겼다.

이제는 친척들을 부르고 싶었다.

그래서 나 이렇게 행복하다고 자랑하고픈 마음이 가득했다.

마침 친척들도 김두찬이 나온 진주 찾기를 보고서 심현미에게 연락을 취한 와중이었다.

방송에 나온 김두찬은 그들이 기억하는 모습과는 너무나도 달랐다.

예전의 그 침울했던 아이는 온데간데없었다.

노래 잘하고, 가족을 위할 줄 알고, 피팅 모델까지 하는 완벽한 엄친아만 있을 뿐이었다.

그렇다 보니 이미 친척들은 호감도가 제법 오른 상태로 오게 된 것이다.

물론 집까지 오는 와중에도 두찬이가 방송에서 연기를 한 게 아니냐는 의혹이 따라붙었다.

심현미가 그런 게 아니라고 몇 번이고 대답했으나 친척들은 그 말을 완전히 믿지 않았다.

한데 막상 집에 도착해 만나보니 김두찬의 성격이 정말 많이 달라져 있었다.

오히려 텔레비전에 나왔던 건 그 좋은 성격을 다 보여주지 못한 것 같아 아쉬울 정도였다.

김두찬은 친절했고, 살가웠고, 다정했다.

그로 인해 친척들의 호감도는 무섭게 올라가기 시작했다.

결국 최종적으로 술자리가 끝나고 다들 잠에 들었을 때 호감도를 100이나 찍은 사람이 셋이나 됐다.

김두찬의 방에서는 첫째 이모와 막내 이모의 아들이 함께 자게 됐다.

둘 다 김두찬보다는 나이가 많았다.

오늘은 글을 좀 더 집필하고 싶었는데 그럴 수가 없게 됐다.

해서 자정이 넘었으니 아쉬운 대로 연재 글만 올렸다.

이번 역시 저번처럼 3연참을 때렸다.

김두찬은 부디 내일 좋은 댓글들만 달려 있길 바라면서 자리에 누웠다.

이미 두 형들은 꿈속을 헤매고 있었다.

곤히 잠든 그들의 머리 위로 김두찬의 시선이 향했다.

두 사람의 호감도는 각각 82와 76이었다.

'어른들에 비해 형들은 호감도가 좀 더디게 오르네.'

호감도가 100을 찍은 이들은 이모 둘과 외삼촌이었다.

김두찬이 상태창을 열었다.


이름: 김두찬

성별: 남

키: 183㎝

몸무게: 70㎏

Passive

…

자각몽: 0/100(F)

Active

치료: 0/1,600(F)

지력: 0/400(D)

정보의 눈 100/300/500

직접 포인트: 3,197

간접 포인트: 5,700

핵: 2


새로 익힌 능력은 자각몽밖에 없었다.

그것은 외삼촌의 가장 뛰어난 능력이었다.

이모들에게서 얻은 능력은 '요리'와 '노래'였기에 저절로 파기되어 핵으로 치환됐다.

'직접 포인트가 3,197. 조금 아쉽네.'

김두찬이 속으로 생각하며 입맛을 다셨다.

친척들이 오기 전까지 직접 포인트는 2,872였다. 한데 같이 술자리에서 어울리다 보니 빠르게 호감도가 올랐다.

3만 더 올렸으면 3,200이 되고 스토리텔링을 S랭크로 만들 기회였는데 조금 아쉬운 김두찬이었다.

'어쩔 수 없지.'

김두찬은 미련을 버리고 눈을 감았다.

어차피 3 정도야 자고 일어나서 충분히 적립할 수 있었다.

제법 피곤했는지 눈을 감자마자 수마가 몰려왔다.

'아… 그나저나 자각몽은 얻으면… 어떻게 되는 거야……'

희미해져 가는 의식 속에서 물음을 던지며 소란스럽던 하루가 저물었다.

*          *          *

김두찬은 꿈을 꾸고 있었다.

꿈속에서 그는 어딘지 모를 숲 속 오솔길을 걷고 있었다.

주변엔 가지마다 황금 열매가 달린 황금 나무가 자라 있었다.

보통 꿈이라는 것은 스스로 내가 꿈을 꾼다는 걸 인지하지 못한다.

한데 김두찬은 그것을 인지하고 있었다.

'신기한 꿈이네.'

온통 황금빛으로 가득한 오솔길을 걸으면서 김두찬은 생각했다.

하지만 주변의 광경보다 더 신기한 건 스스로 이 모든 상황이 꿈속에서 벌어지는 것임을 자각하는 것이었다.

김두찬이 자각몽을 꾸는 건 이번이 처음은 아니었다.

일전에 꿈속에서 로나와 대화를 한 적이 있었다.

한데 당시는 로나의 힘이 작용한 것이고 지금은 아니었다.

아울러 그때는 김두찬이 생각하고 원하는 대로 행동할 수 있었는데 이번엔 그게 불가능했다.

김두찬은 자신의 의지와 상관없이 움직이고 있었다.

그는 나무에 달린 황금 열매도 따보고, 나무껍질도 벗겨보고 가지도 흔들어보고 싶었는데, 그런 걸 할 수가 없었다.

'이게 자각몽의 힘인 건가? 외삼촌은 그럼 늘 이런 식으로 꿈을 꾸는 거야? 이 능력은… 투자하면 뭐가 어떻게 되는 걸까? 궁금하네.'

결국 김두찬은 꿈속에서 아무것도 못한 채 의문만 가득 쌓이고 말았다.

　　　　　*　　　*　　　*

다음 날.

새벽 두 시까지 놀았던 친척들은 겨우 네 시간만 자고 눈을 떴다.

심현미와 김승진도 약속이나 한 듯 그 시간에 일어났다.

친척들은 다 같이 심현미표 부대찌개를 먹고 서둘러 집으로 돌아갔다.

정말 대단한 체력들이었다.

김두찬은 친척들을 배웅하자마자 직접 포인트를 확인했다.

'3,217.'

드디어 직접 포인트가 3,200대를 넘었다.

아침 식사를 하며 친척들이 부대찌개를 극찬하자 심현미가 우리 아들이 아이디어를 냈다고 자랑을 했다.

그 덕분에 친척들의 호감도가 일제히 올라가 포인트를 얻게 되었다.

"여보, 우리도 서둘러 나가요."

"응. 두찬아, 두리 깨워서 학교 잘 보내라."

"네. 다녀오세요."

부모님은 김두찬에게 여동생을 당부하고서 식당 일을 나

갔다.

오전 7시 반.

김두찬은 김두리를 깨워 밥을 먹이고 학교에 보낸 뒤 드디어 혼자만의 시간을 갖게 됐다.

"시작해 보자."

김두찬이 두근거리는 마음으로 직접 포인트 3,200을 스토리텔링에 투자했다.

그러자 시스템 메시지가 나타났다.

[스토리텔링의 랭크가 S로 업그레이드됐습니다. 랭크 업 특전이 주어집니다. 파악과 재구성을 얻었습니다. 어떠한 글을 접하든 전체적인 스토리의 장단점이 파악되며, 그것을 가장 쉽고 재미있는 형태로 재구성할 수 있게 됩니다.]

'음?'

특전을 본 김두찬은 고개를 갸우뚱했다.

일견 '이게 괜찮은 특전인가?' 하는 의문이 든 것이다.

─어마어마하게 끝내주는 특전이랍니다.

그에 로나가 끼어들었다.

'그래? 하지만 다른 능력들의 S랭크 특전과 비교해 보면 조금 약한 것 같은데. 남의 글을 읽고 그런 걸 파악하면 물론 그들에게는 도움을 줄 수 있을 테지만…….'

─그럴 리가요. 저 특전의 능력은 본인의 글에도 적용되는 거랍니다. '어떠한 글을 접하든'이라는 전제가 붙어 있는걸요?

'…아, 그러네.'

로나가 포인트를 짚어주자 김두찬의 생각이 바로 바뀌었다.

파악과 재구성이 자신의 글에도 적용이 된다는 것은 곧, 스스로의 글을 객관적으로 볼 수 있게 된다는 말이다.

글을 쓰는 사람들의 고질병 중 하나가 스스로 글을 객관적으로 보기가 힘들다는 것이다.

훈수 두는 사람이 더 잘 본다는 말이 있다.

글도 마찬가지다.

자기가 쓸 때는 어쩔 수 없이 시야가 좁아지기 마련이다.

스스로의 노고로 만들어내 애정이라는 놈이 끼어들어 눈을 가려 버리기 때문이다.

하지만 다른 사람의 시선에는 문제점들이 보인다.

김두찬은 이제 그런 문제에서 벗어나게 된 것이다.

누군가는 이렇게 물어볼지도 모른다.

'지금까지 얻은 특전만으로도 충분히 흔들림 없이 진행되는 글을 적어나갈 수 있는 것이 아니냐.'

이미 B랭크까지의 특전을 얻고서도 한 번 크게 흔들렸던 김두찬이다.

A랭크에서 얻은 특전 중 하나, 장편 소설 집필 시 중복된 전개를 피하게 된다는 것이 도움 될 수는 있지만 근본적 문제를 해결하지는 못한다.

한데 S랭크의 특전은 스스로의 글을 객관적으로 판단한 뒤 완벽한 스토리로 만들어내는 게 가능하다.

'어디 한번……'

김두찬이 어제까지 올린 14화 분량의 글을 읽었다.

다행스럽게 크게 거슬리는 곳은 없었다. 12, 13, 14화에 달린 독자들의 댓글 역시도 호평 일색이었다.

이제 평균 조회 수는 6만을 넘었고 그만큼 편당 달리는 댓글 수와 추천 수도 올라갔다.

'좋아.'

김두찬은 이번엔 비축분인 15, 16, 17화를 읽어봤다.

그런데 어제는 아무렇지 않던 부분 몇 군데가 눈에 밟혔다.

'느낌이 이상해. 내 글인 게 분명한데 남의 글을 읽는 것처럼 냉정해진다. 사감이 전혀 들어가지 않아.'

여자 친구에게 향해 있던 콩깍지가 벗겨지고 그녀를 있는 그대로 판단하고 있는 그런 기분이었다.

김두찬은 당장 걸리는 부분을 수정했다.

타타탁! 타타탁!

수정을 하는 데는 오랜 시간이 들지 않았다.

키보드에서 손을 내리고 글을 다시 한번 읽어 내려갔다.

'됐어.'

이제는 손댈 곳이 없었다.

만족한 김두찬은 머리도 식힐 겸 다른 작가들의 소설을 탐독하기 시작했다.

그런데 재미있는 현상이 벌어졌다.

타인의 글을 읽으면서 아쉬운 부분들이 정확하게 들어오는 것이 아닌가.

지금도 좋지만 몇 개만 건드려 주면 더더욱 좋은 성적을 낼 수 있을 부분들이 족집게처럼 짚어졌다.

파악과 재배치의 능력 덕분이었다.

그 능력이 없었다면 김두찬은 그저 감탄하면서 그 글들을 읽었을 것이다.

'신기하네.'

김두찬에게 그것은 또 다른 즐거움으로 다가왔다.

아울러 단순히 글의 재미 요소를 찾는 것만으로 그치는 게 아닌, 비슷한 느낌의 글을 적어나갈 때 어떻게 이끄는 것이 좋을지에 대한 공부도 됐다.

그때였다.

'혹시……?'

김두찬이 100위권 안에 겨우 턱걸이만 하고 있는 다른 글들을 살펴봤다.

대부분은 문제가 너무 많이 산재해서 손을 댈 수조차 없는 글들이 많았다.

그런데 연독률이 좋지 않고 소재도 특이할 게 없지만 몇 군데만 손봐서 다시 적어나가면 충분히 순위권 안에 들 만한 글들도 간혹 보였다.

'으음… 이런 글들은 정말 아까운데. 소재도 좋고, 필력도 나쁘지 않아.'

그럼에도 스스로 잡아놓은 설정을 이상한 방향으로 끌고 가다가 붕괴시켜 놓는 바람에 독자들이 지속적으로 떨어져 나갔다.

옆에서 보는 입장도 속이 쓰린데 작가 본인의 마음은 얼마나 찢어질지 충분히 짐작이 됐다.

무엇보다 최근 그런 현상을 직접 겪은 김두찬이기에 더더욱 그랬다.

할 수만 있다면 채소다가 도움을 줬던 것처럼 김두찬도 다른 작가들에게 도움을 주고 싶었다.

하지만 김두찬이 지금 핫한 작가라고 해서 다른 작가들보다 전문적으로, 그리고 많은 글을 쓴 것은 아니다.

엄밀히 따지면 신인이다.

그 신인 앞에 대형이라는 수식어가 붙었을 뿐.

때문에 괜히 건방져 보일 것이 걱정되어 따로 메시지를 보내지는 않았다.

김두찬은 다시 몽중인의 집필에 들어갔다.

S랭크 스토리텔링의 힘이 빛을 발하며 더더욱 완성도 높은 글이 그의 손끝에서 탄생하기 시작했다.

*　　　*　　　*

선우동은 인 백화점의 정문 앞에서 김두찬을 기다리고 있었다.

그가 주변을 두리번거리다가 손목시계를 살폈다.

11시 57분.

약속 시간인 12시가 다 되어가고 있었다.

'어디쯤 오고 계시려나? 실물로 보는 건 처음인데 못 알아볼… 일은 없겠네.'

여전히 사위를 살피던 선우동의 눈동자가 흐리멍덩하게 풀어졌다.

그의 표정은 마치 세상 가장 아름다운 것을 본 사람 같았다.

저 앞에서 훤칠한 키의 미남자가 인 백화점을 향해 다가오고 있었다.

김두찬이었다.

그의 주변을 지나가는 사람들은 한 번씩 그를 힐끔거렸다.

남녀노소 예외가 없었다.

몇몇은 아예 넋을 놓고 김두찬을 바라봤다.

속으로 비명을 삼키는 소녀들도 있었다.

몇몇 사람들은 스마트폰으로 몰래 그의 모습을 촬영했다.

김두찬을 알아보는 사람이 반, 모르지만 잘생겨서 쳐다보는 사람이 반이었다.

비주얼 자체가 사람 정신 놓게 만드는데, 매혹의 능력 때문에 더더욱 사람의 시선을 끌어당겼다.

김두찬이 걸어가는 거리에는 그밖에 보이지 않았다.

선우동의 눈앞에서 다른 사람들은 전부 엑스트라가 되어 버리는 기묘한 현상이 벌어졌다.

꿀꺽!

김두찬과의 거리가 가까워질수록 주책없이 가슴이 두근거렸다.

그의 행동 하나하나가 그대로 화보였다.

CF의 한 장면이었고 드라마 속 남주인공이었으며 하이틴 영화의 주연이었다.

그 어떤 수식어를 갖다 붙여도 실물로 접한 김두찬의 매력을 다 표현할 수는 없었다.

김두찬이 인 백화점 앞에 도착했다.

그러고는 주변을 두리번거리다가 선우동을 발견하고서는 다가왔다.

"저 혹시……."

"김 작가님이시죠?"

선우동이 먼저 물었다.

"선우 이사님?"

"네! 선우동입니다! 반갑습니다, 김 작가님."

선우동이 허리 숙여 손을 내밀어 악수를 청했다.

그의 예의 바른 행동에 황송해진 김두찬도 허리를 90도로 숙여 악수했다.

"저도 반가워요, 이사님."

두 사람은 짧게 악수를 나눈 뒤, 동시에 허리를 폈다.

"허… 직접 보니 말문이 탁 막힙니다. 진주 찾기 방송은 저도 봤었는데 카메라가 이 매력을 다 못 담아내는 거였네요."

"과찬이세요."

"겸손하시기까지. 일단 자리를 옮겨서 얘기 나누실까요?"

"네. 무슨 음식 좋아하세요?"

"여기가 김 작가님 무대지만 사실 제가 나름대로 조사를 좀 해봤습니다. 굼벵이 앞에서 주름 잡는 격이지만 제가 고른 맛집으로 한 번 가보시겠습니까?"

"아, 좋습니다."

"가시죠. 안내하겠습니다."

*     *     *

선우동을 따라 맛집에 들어선 김두찬은 테이블에 앉자마자 헛웃음을 터뜨렸다.

이를 본 선우동이 김두찬의 눈치를 살피며 물었다.

"왜 그러십니까, 김 작가님? 마음에 안 드시나요?"

"아니요. 그게 아니라……."

"그, 그래도 여기가 신상 맛집으로 엄청나게 유명한 곳이거든요. 이미 인터넷에서 난리가 났어요."

"그 정도로… 난리 났어요?"

"그럼요."

그때였다.

두 사람의 테이블로 풍채 좋은 남자 사장님이 컵과 물병을 가지고 다가왔다.

"주문하시겠… 아들?"

"아버지."

남자 사장님은 다름 아닌 김두찬의 아버지 김승진이었다.

갑작스러운 부자 상봉의 광경에 선우동의 눈이 휘둥그레졌다.

"아버지라고 하시면은……."

뒤늦게 상황 파악이 된 선우동이 벌떡 일어나 김승진에게 허리를 꾸벅 숙였다.

"안녕하십니까, 아버님!"

"뉘신지?"

선우동이 후다닥 명함을 꺼내 김두찬과 김승진에게 건네주었다.

"저는 아띠 출판사 이사 선우동이라고 합니다. 오늘 김 작가님과 계약 건으로 말씀 나누고자 이렇게 찾아왔습니다."

"아, 그렇군요. 한데… 우리 아들 글이 출판사에서 계약하러 올 만큼 대단합니까?"

"지금 이 바닥에서 가장 뜨겁습니다."

"그 정도예요?"

"그럼요."

김승진과 김두찬이 서로를 놀란 눈으로 바라봤다.

김두찬은 부모님의 식당이 이 정도로 잘되는 줄 몰랐고, 김승진은 아들의 글이 그만큼 대단한 줄 몰랐다.

부자가 서로에 대해 조금 더 알게 되는 시간이었다.

\*　　　　\*　　　　\*

식사를 마친 김두찬과 선우동은 주방에서 바쁜 심현미에게 인사를 드린 뒤, 근처 카페로 자리를 옮겼다.

"하아, 정말 놀랐습니다. 거기가 김 작가님 부모님께서 운영하시는 식당이었다니."

"저도요. 설마 거기로 갈 줄은 몰랐네요."

"이게 일이 되려고 하니까 또 이렇게 풀리네요. 하하하! 정말 맛있게 먹었습니다."

"선우 이사님께서 내셨잖아요. 정말 잘 먹었어요."

선우동은 김승진이 그냥 가라는 걸 굳이 법인 카드로 계산을 했다.

"그럼 본론으로 넘어가 볼까요?"

"네."

선우동이 서류 가방에서 계약서 2부를 꺼냈다.

드디어 거래의 시작이다.

김두찬은 정신을 바짝 차렸다.

채소다의 얘기를 들어보면 작가한테 나쁜 조건을 제시하지는 않는 것 같지만 그래도 일단 장사를 하는 이들이다.

게다가 아직 겪어보지 않은 사람들이니만큼 경계해서 나쁠 건 없었다.

선우동이 계약서 한 부를 펼쳐서 김두찬의 앞에 내밀었다.

"우선 가장 중요한 부분부터 말씀드리겠습니다. 우리 출판사에서는 작가님의 글을 책으로 출판할 시 초판 5,000부를 찍고 12퍼센트의 인세를 드리려 합니다."

"음… 제 글의 경우 책으로 나오면 가격이 얼마에 책정되죠?"

"12,000원 정도 생각하시면 됩니다. 거기서 크게 차이 없을 겁니다."

김두찬이 빠르게 계산을 해봤다.

12,000원의 12퍼센트면 1,440원이다.

그걸 5,000부 찍어내면… 얼마지?

김두찬의 표정을 읽은 선우동이 빙긋 미소 지으며 말했다.

"720만 원입니다."

"아, 그렇군요."

"신인 작가의 첫 작품치고는 상당히 많이 잡아드린 액수예요."

그건 김두찬도 알고 있다.

오늘 미팅에 나오기 전 그는 채소다에게 다시 쪽지를 보내 대략 신인이 받는 액수가 어느 정도 수준인지 물어봤다.

채소다는 작품이 좋을 경우 10퍼센트 이상, 요즘 시장 상황에서 책은 2, 3천 부 정도 찍어줄 것이라 했다.

그런데 선우동은 12퍼센트에 5,000부를 불렀다.

거기서 끝이 아니었다.

"아, 그리고 계약금으로 100만 원 따로 지급해 드릴 겁니다."

그럼 김두찬이 총 받게 되는 돈은 820만 원이 된다.

나쁘지 않은 조건이었다.

거기에 옵션이 더 붙어 있었다.

"우선 5,000부를 찍은 다음 증쇄를 하게 되면 1,000부가 올라갈 때마다 인세도 1퍼센트씩 올려 드릴 겁니다. 한데 10,000부 이상이 되면 20퍼센트로 책정해 드립니다."

사실 그건 일종의 이루기 힘든 꿈이나 다름없는 조건이었다.

로또처럼 제대로 터져야 그 부수를 찍어내는 게 가능하다.

더군다나 김두찬의 글이 아무리 좋다고 해도 신인이다.

신인의 첫 작이 1만 부를 넘기는 경우는 하늘의 별을 따는 것만큼 힘든 일이었다.

게다가 지금은 종이책보다 전자책이 더 많이 팔리는 시절이다.

거기에 일반 소설도 아니고 환상 소설을 사는 사람들은 많지 않았다.

해리 포터라면 또 모를까.

"그리고 작가님의 소설을 E—book으로도 서비스할 예정인데요. 동의하시게 되면 7 대 3으로 수익을 분배하게 됩니다. 물론 김 작가님께 가는 몫이 7이고요."

"그렇군요."

"저희 출판사로서는 최선을 다해 제시해 드린 조건입니다. 어떠십니까?"

선우동의 눈에 자신감이 어렸다.

그는 분명히 김두찬이 자신과 손을 잡을 것이라 여겼다.

하지만 김두찬은 선뜻 답을 내놓지 않았다.

그의 머릿속엔 어제 채소다가 보낸 쪽지의 마지막 말이 맴돌고 있었다.


김 작가님의 글은 충분히 매력 있어요. 어떤 출판사라도 잡고 싫어할 거예요. 그러니 그들이 제시한 조건에서 올릴 수 있는 만큼 최대한 올리도록 해요. 처음 계약을 잘해야 그다음부터 몸값 올라가는 액수가 달라져요. 물론 실력보다 프라이드가 강하면 안 되겠지만, 김 작가님의 글은 보석같이 빛나요. 자신을 헐값에 사려는 이들은 쳐다보지도 말고, 모셔가려는 곳이 있다면 그만한 대가를 당당히 요구하세요. 올릴 수 있는 만큼 올리셔도 돼요. 결국 김 작가님의 글이 그 출판사를 밥 먹여줄 거예요. 확신할 수 있어요.

채소다는 진심으로 김두찬을 위해 그렇게 조언했다.
김두찬은 채소다의 말을 믿었다.
김두찬이 선우동의 머리 위에 있는 호감도 수치를 살폈다.
'62.'
그는 김두찬과 초면이었으나 글과 방송을 접하면서 50까지 호감도가 높아진 상태였다.
그리고 김두찬과 만나는 동안 다시 12가 올랐다.
'더 높일 수 있는 데까지 높여보자.'
김두찬이 상태창을 띄웠다. 그리고 럼블 모드를 자세히 살폈다.

[럼블: 하루 한 번. 원하는 때에 선택지를 발동, 겜블링을 활성화시킬 수 있습니다. 이 경우, 겜블링에서 모든 질문에 옳은 답

을 선택할 시 상대방의 호감도가 10분 동안 200으로 상승합니다.]

일전에 얻고 나서 좀체 쓸 일이 없었던 능력이었다.

김두찬은 지금이 이 능력을 사용할 적기라고 판단했다.

'…될지 안 될지 모르겠지만. 한번 해보자. 럼블!'

김두찬이 럼블을 사용했다.

그러자 눈앞에 선택지가 떴다.

[Gambling 활성화!

제법 괜찮은 조건을 제시하며 계약의 사를 묻는 선우동! 나는 어떻게 대답할 것인가?]

1. 조건이 좀 낮은 것 같습니다.

2. 음… 좋기는 한데.

3. 괜찮은 조건이네요.

김두찬이 세 개의 보기를 빠르게 읽었다.

저 세 개의 보기 중 선우동의 호감도를 높일 수 있는 정답은 분명히 존재한다.

'그냥 계약을 하기 위한 밀당이라면 1번이나 2번이 맞을 거야. 하지만 지금은 선우동의 호감도를 높이는 게 목적이니까 3번이……'

─과연 그럴까요?

김두찬이 3번을 선택하려는 찰나, 로나가 끼어들었다.

'로나?'

─사람마다 성향은 다 다르답니다. 두찬 님께서 일반적이라고 생각하는 정답이 다른 사람에게는 오답일 수도 있다는 얘기죠.

'아, 그렇겠네. 하지만 내가 선우동 씨를 만난 지 얼마 되지도 않았는데 성향까지 파악하기는 힘들잖아?'

─요즘 글 쓸 때 말고는 너무 게임 시스템을 외면하는 거 아니에요? 이러시면 로나 슬프답니다. 가지고 있는 능력은 최대한 활용해서 잘 먹고 잘사서야죠.

그 말에 김두찬의 머릿속에 번뜩 떠오르는 것이 하나 있었다.

'정보의 눈!'

─바로 그거랍니다.

정보의 눈은 투자하는 포인트에 따라 상대방의 정보를 알려준다. 상대방에 대한 정보가 부족한 지금, 럼블과 컬래버레이션을 하기에 딱이었다.

'정보의 눈.'

김두찬이 정보의 눈을 사용했다.

그러자 투자 가능 포인트가 나타났다.

[100/300 몇 포인트를 투자하시겠습니까?]

정보의 눈은 500포인트를 투자해야 상대방의 모든 정보를 볼 수 있다.

한데 지금은 선우동의 호감도가 62이기에 300포인트까지밖에 투자할 수가 없었다. 500포인트로 모든 정보를 오픈하려면 호감도가 80 이상이어야 한다.

'300을 투자하겠어.'

300포인트가 투자되자마자 선우동에 대한 정보가 주르륵 나타났다.


이름: 선우동

성별: 남

나이: 36세

생일: 9월 29일

키: 173㎝

몸무게: 73㎏

직업: 전(前) 프로 게이머, 현(現) 아띠 출판사 이사.

가장 뛰어난 능력: ???

좋아하는 것: 도박

싫어하는 것: 가슴 뛰지 않는 모든 것들

좌우명: ???

목표: ???

선우동의 정보는 채소다 때와 달리 가명이라는 항목이 없었고, 고민이라는 항목이 목표라는 항목으로 바뀌어 있었다.

김두찬이 선우동의 정보를 쭉 훑어 내려가다가 직업란에서 멈췄다.

'전 프로 게이머?'

선우동은 프로 게이머 출신이었다.

의외의 경력이었다.

한데 좋아하는 것이 도박이라는 걸 보자마자 수긍이 됐다.

어느 게임이든 약간의 도박성은 들어가 있기 마련이다.

'가슴 뛰지 않는 모든 것들을 싫어한다. 그럴 만하지.'

비로소 김두찬은 선우동이라는 사람이 조금 파악됐다.

그러자 세 가지의 보기 중 어떤 걸 선택해야 하는지 감이 왔다.

'2번.'

그가 번호를 선택하자마자 입이 저절로 열렸다.

"음… 좋기는 한데."

선우동이 내민 조건을 그저 좋다고만 하면 긴장감이 떨어진다. 그에겐 아주 쉬운 게임을 클리어하는 느낌이라 전혀 재미가 없을 것이다.

그렇다고 단칼에 싫다고 하면 기분이 좋지는 않을 터였다.

때문에 마음에 들긴 하나 이대로 계약하기에는 뭔가 부족하다는 뉘앙스를 줘야 한다.

김두찬이 선우동의 호감도를 살폈다.

호감도가 64로 상승했다.

'좋아.'

계산이 적중했다.

선우동은 잔잔한 미소를 머금고서 의자를 더 당겨 앉았다.

"뭔가 더 추가하고 싶거나 마음에 안 드시는 부분이 있으십니까?"


[Gambling 활성화!]

1. 초판 부수를 좀 더 높이죠.

2. 계약서부터 자세히 읽어보고 얘기해 드릴게요.


김두찬은 2번을 선택했다.

1번은 너무 막무가내였다.

선우동의 성정을 고려하면 상황을 쫄깃하게 만들어야 하는데, 이건 그냥 떼를 쓰는 것밖에 되지 않는다.

"계약서부터 자세히 읽어보고 얘기해 드릴게요."

선우동의 호감도가 3 상승했다.

"당연히 그러셔야죠!"

김두찬이 계약서를 처음부터 끝까지 정독했다.

글을 읽는 속도는 원체 빨라서 정독을 해도 시간이 많이 걸리지는 않았다.

일전에 정미연과 계약을 할 때는 계약에 대해 아무것도 몰랐다.

해서 이번에는 사전에 계약서에 관한 여러 가지 것들을 조사했다.

집에서 피팅 모델 계약서를 펼쳐놓고 모르는 단어와 이해하기 어려운 조항들을 인터넷에 검색했다.

참 살기 좋은 세상인지라 그 정도의 정보는 충분히 얻을 수 있었다.

뿐만 아니라 계약 시 주의해야 할 것들과 다른 분야의 계약서 양식까지 찾아봤다.

그렇게 하고 지금 계약서를 읽으니 내용들이 무얼 얘기하는 건지 이해하기가 쉬웠다.

하지만 그래도 놓치고 가는 부분이 있을지 모르는 일.

김두찬은 계약서를 다 읽은 뒤 내용들을 떠올려 봤다.

기억력의 힘으로 인해 계약서 네 장이 사진으로 찍은 듯 선명하게 나타났다.

거기서 액티브 능력인 지력을 사용했다.

그러자 계약서에 적힌 내용들이 저절로 분석되고 파악되면서 본인에게 해가 될 부분이나 교묘하게 끼워 넣은 불합리 조항 같은 것이 있는지 없는지를 판단하기 시작했다.

다행히 그런 부분은 계약서에 존재치 않았다.

보이는 그대로가 전부인 담백한 계약서였다.

"상당히 착한 계약서네요."

"그런가요? 한데… 전부 이해하셨어요?"

김두찬은 아직 스물이다.

보통이라면 계약 같은 걸 해본 경험도 거의 없을뿐더러, 그 나이대의 청년이 이해하기에는 어려운 조항들이 많다.

"네."

김두찬이 담담하게 대답했다.

그 음성에는 일말의 허세나 거짓이 담겨 있지 않았다.

이를 느낀 선우동이 내심 혀를 내둘렀다.

"그럼 혹 바꾸고 싶은 부분이나 추가를 원하는 부분이 있으십니까?"

[Gambling 활성화!]

1. 있습니다.

2. 없습니다.

김두찬은 1번을 선택했다.

이미 상대방과 줄다리기를 하고 있는 상황이다.

여기서 없다고 해버리면 김만 빠지는 격이다.

한창 팽팽한 신경전을 벌이고 있던 선우동은 이런 식으로 일이 정리되는 걸 원치 않을 터였다.

"있습니다."

선우동의 호감도가 70으로 솟구쳤다.

그와 동시에 시스템 메시지가 나타났다.

[Gambling 종료]

[Gambling 퍼펙트 클리어! 럼블 효과 발동. 상대방의 호감도
가 10분 동안 200으로 바뀝니다.]

메시지가 사라지면서 선우동의 호감도가 200으로 올라갔
다.

김두찬을 바라보던 그의 시선에 애정이 가득 담겼다.

방금까지의 팽팽한 기운은 온데간데없이 사라졌다.

선우동은 김두찬이라는 사람의 매력이 끝 모를 우주처럼
광활하다고 느꼈다. 그것은 자신으로 하여금 그에게 거대한
호감을 느끼도록 만들었다.

선우동이 의자를 더 당겨 앉았다.

반뼘 더 김두찬과 가까워지자, 그의 모습이 전보다 더 빛났
다.

머리에서는 후광까지 비추어지는 것 같았다.

더불어 김두찬의 글에 대한 생각도 더욱 긍정적으로 바뀌
었다.

"아, 바로 말씀해 주시면 최대한 맞춰보도록 하겠습니다."

선우동의 마음속 빗장이 헐거워졌다.

김두찬이 그런 선우동에게 말했다.

"저는 출판사와의 계약이 처음이에요. 그래서 구체적으로 어떤 조건을 어떻게 조정하면 좋겠다는 식으로 말씀드리긴 힘들어요."

"그러면 어떻게……?"

"선우 이사님께서 판단해 주세요. 제 글이 정말 지금 제시한 조건에 맞는 글인가요? 아니면 그 이상인가요."

좀 전까지는 합당하다 생각했지만 지금은 달랐다.

"그 이상이죠."

"그 이상이 어느 정도인지 직접 정해주시면 좋겠어요."

"허."

여태껏 계약을 하면서 이런 식으로 얘기를 하는 신인 작가는 한 명도 없었다.

선우동은 김두찬이라는 사람이 이제 겨우 약관을 맞은 신인 작가가 맞는지 의심스러웠다.

'진정 물건이다. 한번 제대로 키워보고 싶다!'

선우동의 마음속에서 그런 생각이 용암처럼 솟구쳤다.

그의 글에는 그 나이에 쉽게 나올 수 없는 세련됨과 완숙미가 있다.

그리고 김두찬이라는 사람에게는 스물답지 않은 배포와 노련함, 스타성이 있었다.

그는 절대 원 히트 원더(One-hit wonder)로 사라질 작가가
아니었다.

될성부른 나무는 떡잎부터 알아본다.

선우동의 눈에 비친 김두찬의 모습이 거인처럼 거대해졌다.

그가 무언가를 결심한 듯 펜을 꺼내 들었다.

"좋습니다. 저랑 한번 가보시죠."

펜을 든 그의 손이 계약서 위를 빠르게 휘저으며 지나갔다.

선우동은 바뀐 조항을 보여주며 말했다.

"초판 발행 부수는 동결! 대신 퍼센테이지를 15퍼센트로 하
겠습니다. 그다음부터는 천 부 증쇄할 때마다 1퍼센트씩 오르
는 걸로 하고, 1만 부가 넘으면 25퍼센트를 드리겠습니다. 어
떻습니까?"

15%.

퍼센테이지가 무려 3%나 올랐다.

이건 당장 보면 받게 되는 돈이 720만 원에서 900만 원으
로 살짝 뛴 것밖에 되지 않는다.

하지만 책이 잘 팔렸을 때 받게 되는 금액이 확 달라진다.

이전 계약의 경우 1만 부 증쇄했을 때를 계산해 보면 받게
되는 돈이 2,400만 원이다.

한데 지금의 계약은 3,000만 원을 받게 된다.

조금 더 가서 5만 부를 찍는다고 가정하면 1억 2천 받을 걸
1억 5천을 받을 수 있다.

물론 신인의 글은 1만 부 넘기는 것이 하늘의 별 따기만큼 힘들다고 한다.

 그래서 이렇게 과감히 지른 것일 수도 있으나 어찌 되었든 15%라는 건 파격적이고 전무후무한 조건이었다.

 럼블의 효과와 도박을 좋아하는 그의 성정이 시너지를 일으킨 결과였다.

 선우동은 자신이 왜 이렇게까지 큰 모험을 하는 건지 이해할 수가 없었다.

 그는 도박을 즐기지만 감보다는 머리를 믿는다.

 그런데 지금은 감성이 이성을 눌러 버렸다.

 '됐다!'

 이 정도면 더 바랄 게 없었다.

 김두찬이 고개를 끄덕이고서 펜을 들었다.

 "아주 좋습니다."

 그리고 서명란에 사인을 했다.

*     *     *

 계약을 끝내고 김두찬은 선우동과 헤어졌다.

 럼블의 효과가 풀리자마자 선우동은 계약서에 찍힌 도장과 서명을 보고서 속으로 한숨을 푹 쉬었다.

 마치 뭔가에 홀리기라도 한 것 같은 미팅이었다.

'들어가면 엄청 깨지겠구나.'

신인에게 이토록 파격적인 제안을 한 건 이번이 처음이었다.

만약 제대로 된 성과를 내지 못한다면 호통 몇 번 듣는 것으로 끝나지는 않을 일이다.

그는 착잡한 심정을 애써 드러내지 않으며 회사로 향했다.

김두찬은 그대로 잠실행 버스를 잡아탔다.

서로아에게 병문안을 가기 위해서였다.

친구들과 병원 앞에서 만나기로 한 시간은 오후 세 시. 방송팀과도 거기서 만나기로 했다.

길이 막히지 않으면 늦을 일은 없었다.

지이이이잉—

버스 맨 뒷좌석에 몸을 싣고 가던 김두찬이 스마트폰을 꺼냈다.

'또 모르는 번호네.'

02로 시작하는 번호로 전화가 왔다.

이번에도 연예 기획사 같았다.

이걸 받을까 말까 망설이던 김두찬은 제대로 거절해야겠다고 마음먹었다.

"여보세요."

—안녕하세요, 김두찬 님. 일전에 문자 드렸던 플레이 인 엔터의 소지원이라고 합니다.

"죄송해요. 제가 이쪽 일엔 관심이 없어서 그만 끊을……."

─작가 생활을 하는 데 필요한 모든 지원을 아끼지 않겠습니다.

전화를 끊으려던 찰나 소지원의 말이 빨라졌다.

"네?"

─집필 활동에 방해되는 스케줄은 일절 잡지 않고 아이돌이나 배우 쪽으로 나가도록 종용하지도 않겠습니다. 본인의 글만 열심히 집필할 수 있도록 플레이 인에서 도와드리겠습니다. 다만 지금처럼 시사 교양 프로그램이나 예능의 패널로 가끔씩만 브라운관에 얼굴 비쳐주시면 됩니다.

"지금 무슨 말씀을 하시는 건지?"

─쉽게 말씀드리자면 우리 플레이 인에서는 김두찬 님을 허지나 같은 스타 작가로 만들어 드리고 싶다는 겁니다.

스타 작가.

그 말에는 김두찬도 구미가 당겼다.

화려한 삶을 싫어하는 사람은 없다.

김두찬 역시 그렇다.

다만 지금은 글에 더 집중을 하고 싶은 것뿐이다.

한데 글도 쓰면서 김두찬이라는 사람 자체의 인지도도 올릴 수 있다면? 일석이조였다.

"지금 대답해야 하나요?"

김두찬의 물음에 소지원은 파이팅 포즈를 취했다.

미끼를 던져도 매몰차게 등 돌리던 물고기가 관심을 보이며 툭툭 건드리기 시작했다.

―아닙니다. 부담 갖지 마시고 천천히 생각해 보세요. 한데 김두찬 님께서 플레이 인의 다른 스타들과 한솥밥을 먹게 될 경우, 회사 측에서는 개인 사무실을 얻어드릴 생각입니다.

"네? 제 개인 사무실을요?"

―네. 자고로 창작이란 안정적이고 편안한 혼자만의 공간에서 더욱 잘되는 법이죠. 그리고 언제든 가고자 하는 곳이 있을 때 편하게 이동하면서 집필할 수 있도록 고급 밴과 매니저도 붙여 드릴 예정입니다. 글은 엉덩이로만 쓰는 게 아니라 다리로도 쓴다는 말이 있습니다. 양질의 글이 나오려면 직접 가서 보고 듣고 느끼는 경험 역시 중요하죠. 전부 김두찬 님의 집필 활동에 조금이라도 더 도움이 되었으면 하는 마음에 먼저 이런 조건을 제시해 드리는 겁니다.

"너무 파격적인 조건인데요."

―그리고 플레이 인이 아니면 자신 있게 말씀드릴 수 없는 조건이기도 하죠.

당장은 회사 측에서 손해를 보는 것처럼 보일지 모른다.

하지만 김두찬이 계약만 한다면 그로 인한 상승효과는 한둘이 아닐 것이다.

허지나 작가만 해도 간혹 방송에 몇 번 나오곤 할 뿐이지만 몸값이 어마어마하게 올랐다.

그녀가 신작을 낼 때마다 소속사의 주가는 폭등했다.

그녀의 작품을 계약하고 드라마로 만들기 위해 사방에서 돈을 싸 들고 찾아온다.

허지나의 책을 낸 곳은 출판사지만, 그 이전에 그녀라는 사람 자체를 관리하는 곳은 매니지먼트 소속사이기 때문이다.

그런 그림을 생각해 본다면 지금의 투자가 전혀 아깝지 않았다.

아니, 김두찬은 분명 그보다 더한 태풍을 일으킬 인재가 틀림없었다.

소지원의 감은 지금껏 단 한 번도 틀린 적이 없었다.

그가 회사에 들어온 7년 동안 플레이 인에서 잘나간다는 배우, 아이돌 그룹 전부 그가 발굴해 낸 이들이다.

―제가 말씀드린 건 부수적인 보너스일 뿐입니다. 계약금은 따로 1억을 지급해 드리려 합니다.

"1억… 이요?"

1억도 1억이지만 가만 생각해 보면 보너스가 더 대단했다.

배보다 배꼽이 큰 격이었다.

―5년 전속 계약 조건입니다. 천천히 생각해 보시고 꼭 연락 주시기 바랍니다. 기다리고 있겠습니다.

"네, 그럴게요."

김두찬은 전화를 끊고서 생각에 빠졌다.

'기획사라… 한번 만나볼까?'

차창 밖의 광경들이 빠르게 지나갔다.

김두찬은 그 광경을 바라봤고, 버스 안의 여자들은 김두찬을 바라봤다.

# Liking 41

능력의 조화

김두찬은 문병을 온다던 친구 열셋과 함께 서로아의 병실을 찾았다.

　이를 본 서로아의 올망졸망한 눈에서 눈물이 후두둑 떨어졌다.

　부모님이 돌아가신 이후, 그 충격으로 친구들과 친하게 지내지 못했던 서로아였다.

　어느 정도 충격에서 벗어나 다시 밝은 성격으로 돌아갈 때즈음엔 백혈병 판정을 받았다.

　그래서 서로아를 문병 오는 친구들은 한 명도 없었다.

　으레 이런 상황이 되면 담임이 아이들을 데리고서 올 법도 했다.

하지만 서로아의 담임은 거기까지 마음을 쓰지 못하는 사람이었다.

그 때문에 늘 외로웠던 서로아였기에 이루 말할 수 없는 감동을 느꼈다.

그 고마움은 김두찬에 대한 호감도로 이어졌다.

이미 서로아는 전부터 김두찬을 좋아하고 있었다.

그래서 처음 만났을 때도 호감도가 높았다.

한데 그다음 날도 찾아오고 오늘은 친구들까지 데리고 와주니 호감도가 대폭 솟구쳤다.

'98.'

김두찬의 눈에 들어온 서로아의 호감도였다.

사실 서로아에겐 바라는 것 없이 잘해줬다. 한데 오히려 그랬더니 더욱 빠르게 호감도가 오르는 것 같았다.

이에 김두찬은 인생 역전의 진정한 공략법은 '진심'에 있는 것이 아닐까 생각했다.

서로아는 김두찬의 동기들로 인해 즐거운 시간을 보냈다.

동기들은 서로아뿐만 아니라 이진희, 그리고 다른 아이들 모두와 신나게 놀아주었다.

그러다 모두가 돌아가야 할 즈음, 누군가 김두찬이 꿈에 대해 물었다.

"로아는 꿈이 뭐야?"

그에 로아는 망설임 없이 대답했다.

"웅! 음… 조금 부끄러운데. 헤헤."

"괜찮아, 얘기해 봐."

김두찬이 그런 서로아의 머리를 쓰다듬어 주었다.

그 순간 서로아의 호감도가 100을 찍었다.

'어.'

아이의 정수리에서 흘러나온 빛 무리가 머리를 쓰다듬던 김두찬의 손으로 스며들었다.

[상대방의 가장 뛰어난 능력을 익혔습니다. 보너스 스탯이 추가되었습니다.]

김두찬이 상태창을 열어 새로 익힌 능력을 살폈다.

서로아의 가장 뛰어난 능력은.

'상상력?'

"나는 매일 밤 잠들기 전에 미래의 내 모습을 상상해요. 건강해져서 유명한 만화가가 돼가지고 할아버지한테 효도하는 모습을요!"

자신이 꼭 나을 수 있을 거라는, 그래서 만화가가 되어 할아버지에게 효도할 거라는 상상력이었다.

해맑게 웃음 짓는 서로아의 모습에 김두찬의 가슴이 욱신거렸다.

뜨거운 것이 목울대를 치고 올라왔다.

김두찬이 그것을 꾹 참고서 말했다.

"우리 로아 정말 착하다."

"고마워요, 오빠! 헤헤."

김두찬은 반드시 서로아를 낮게 해주리라 다시 한번 다짐했다.

＊　　　＊　　　＊

집으로 돌아가는 길.

김두찬은 버스 안에서 상상력에 간접 포인트 100을 투자했다.

그 능력이 어떻게 활용되는 건지 알아보기 위해서였다.

[상상력의 랭크가 E로 업그레이드됐습니다. 랭크 업 특전이 주어집니다. 상상력이 F랭크보다 5% 증가합니다.]

'어? 이게 끝?'

김두찬은 200을 더 투자해 봤다.

[상상력의 랭크가 D로 업그레이드됐습니다. 랭크 업 특전이 주어집니다. 상상력이 E랭크보다 10% 증가합니다.]

여전히 상상력이 증가했다는 메시지만 나타났다.

한데 가만 보니 이게 전혀 별거 아닌 게 아니었다.

김두찬이 작가의 길을 걷고 있지 않았다면 쓸데없는 능력일 수도 있었다.

그런데 그는 지금 소설을 집필 중이고, 계약까지 맺었다.

상상력은 그에게 무엇보다 소중한 능력이었다.

하지만 섣불리 포인트를 투자하지는 않았다.

추가 투자 여부는 집에 가서 글을 써보고 정할 셈이었다.

이미 스토리텔링이라는 게 상상력의 영역이 아닌가 하는 생각이 들었기 때문이다.

스토리텔링은 이야기를 지어내는 능력이고, 재미있게 이끌어 가는 힘이다.

그것 역시 무에서 유를 만들어내는 것이니 맥락이 비슷하다면 포인트를 날리는 일이 된다.

'이번엔 자각몽에 간접 포인트 100을 투자하겠어.'

사실 자각몽이 뭔지도 김두찬은 궁금했다.

저 능력을 얻은 뒤, 어젯밤 꿈에서 김두찬은 자신이 꿈을 꾸고 있다는 걸 자각했었다.


[자각몽의 랭크가 E로 업그레이드됐습니다. 랭크 업 특전이 주어집니다. 꿈을 꾸는 도중 언제든 원할 때 깨어날 수 있게 됩

니다.]


'으음, 애매하네.'

꿈을 꾸다가 자신이 원할 때 일어날 수 있다는 게 좋은 건지 나쁜 건지 알 수가 없었다.

없는 것보다야 나은 것 같지만 대단한 특전이라고 하기에는 무리가 있었다.

'적어도 늦잠 자다가 중요한 자리에 늦을 일은 없겠네. 이왕 투자한 김에 200포인트 더!'

김두찬이 자각몽에 200포인트를 더 투자했다.

어차피 간접 포인트는 소멸성에다가 남아도니 너무 아낄 필요는 없었다.


[자각몽의 랭크가 D로 업그레이드됐습니다. 랭크 업 특전이 주어집니다. 꿈속 배경을 자신이 가본 곳에 한해서 마음대로 바꿀 수 있습니다.]


꿈속 배경을 멋대로 꾸밀 수 있는 힘을 얻었다.

'이건 또 나한테 어떻게 도움이 되는 거야?'

김두찬이 의아해하자 로나의 음성이 들려왔다.

─타인에게서 익힌 능력이 전부 김두찬 님에게 큰 도움이 되는 건 아니랍니다.

'큰 도움이 되지 않는다는 건 작게나마라도 도움이 된다는 얘기야?'

—자각몽의 경우는 그렇답니다. 물론 능력을 업그레이드시켜 봤자 도움이 되지 않는 경우도 있겠죠? 하지만 그 기준은 전부 두찬 님의 현재 상황에 따라 정해지는 거랍니다. 두찬 님께서 작가가 될 마음이 없거나 이야기하는 데 취미를 못 느낄 만큼 과묵한 사람이라면 스토리텔링은 크게 메리트가 없었을 거예요.

'무슨 말인지 알아. 그런 생각은 방금 나도 했었으니까.'

—자각몽 역시 마찬가지랍니다. 만약 두찬 님께서 매일같이 악몽에 시달리는 상황이었다면 무엇보다 반가운 능력이었겠죠. 인생 역전에서 얻는 능력들은 두찬 님의 상황에 따라 큰 도움이 될 수도, 작은 도움이 될 수도, 있으나마나 할 수도, 도움이 되지 않을 수도 있답니다. 그렇게 때문에 핵으로 파기할 수 있는 기능도 드린 거고요.

'그럼… 역시 자각몽은 파기해야 하나.'

—그건 두찬 님의 자유겠죠? 이 말만 해드릴게요. 가끔씩 어떤 능력들은 다른 능력과 조화를 이룰 때 더 빛이 나기도 한답니다. 이미 두찬 님께서는 이런 식의 활용을 여러 번 하셨는데 무심코 지나치는 바람에 인지 못 했을 뿐이랍니다.

로나의 말을 듣고 나서 생각해 보니 당연한 듯 지나쳤던 몇몇 상황들이 떠올랐다.

김두찬은 스토리텔링과 그림의 능력으로 서로아의 사연을 더욱 호소력 있게 사람들에게 전했다.

그리고 고양이 몸놀림과 지력의 조화로 카페에서 넘어지려던 채소다를 도와줬다.

고양이 몸놀림은 박투와 연계되었다.

게다가 손재주는 손을 사용하는 모든 능력들에 버프를 먹여준다.

로나가 그런 사실을 일깨워 준 데에는 이유가 있는 게 분명했다.

'자각몽이 다른 능력과 조화를 이루면 크게 도움이 된다는 거겠지.'

김두찬은 자각몽을 일단 살려두기로 했다.


*　　　　*　　　　*


집으로 돌아와서는 SNS에 서로아와의 이야기를 올린 후, 또다시 집필 삼매경이었다.

그런데 오늘따라 이야기가 훨씬 풍성해지고 있었다.

더불어 일전에는 미리 정해놓은 하나의 길로만 스토리를 진행시켰는데, 지금은 또 다른 여러 가지 곁가지들이 무성하게 자라났다.

그중 스토리텔링의 능력으로 필요 없는 것들을 파악해 잘

라내고 필요한 것들만 흡수했다.

그런 과정이 추가되니 더욱 살아 숨 쉬는 글이 만들어졌다.

'이게 상상력의 힘!'

상상력이란 실제로 경험하지 않은 현상, 혹은 사물 같은 것들을 머릿속으로 그려보는 힘이다.

스토리텔링을 주어진 재료를 최대로 활용해서 건강하게 만든 음식으로 비유하면, 상상력은 여기에 뿌린 조미료 같은 것이다.

김두찬은 망설임 없이 상상력에 2,800 간접 포인트를 투자했다.


[상상력의 랭크가 C로 업그레이드됐습니다. 랭크 업 특전이 주어집니다. 상상력이 D랭크보다 15% 증가합니다.]

[상상력의 랭크가 B로 업그레이드됐습니다. 랭크 업 특전이 주어집니다. 상상력이 C랭크보다 20% 증가합니다.]

[상상력의 랭크가 A로 업그레이드됐습니다. 랭크 업 특전이 주어집니다. 상상력이 B랭크보다 25% 증가합니다.]


'좋아.'

상상력의 랭크를 A까지 업그레이드시킨 김두찬이 다시 타자를 두들겼다.

타타탁! 타타타탁!

그의 손에서 만들어지는 이야기가 전과 비교할 수 없을 만큼 풍부해졌다.

그전 글이 평면적인 느낌이었다면 지금은 입체적이었다.

상상력이 늘어나다 보니 캐릭터들의 개성도 뚜렷해졌다.

전에는 캐릭터보다 스토리에 더 비중이 실리는 느낌이 없잖아 있었다.

한데 지금은 김두찬 스스로를 각각의 캐릭터에 완벽히 대입시키는 것이 가능했다.

상상력이 부족하면 힘든 일이었다.

어느 캐릭터를 등장시켜서 적어나갈 때 본인이 그와 동화되어 버리니 당연히 모든 캐릭터들이 살아 숨 쉬었다.

김두찬의 입에 저도 모르게 미소가 어렸다.

타타타타타타탁!

그는 단 한 번의 막힘없이 글을 써 내려갔다.

그리고 자정이 넘어 새벽 한 시가 다가올 때쯤 비로소 손을 멈췄다.

"끝났다."

김두찬이 드디어 몽중인의 마지막 화인 24화까지를 완성했다.

이미 탈고도 끝난 완벽한 원고였다.

김두찬이 연재 게시판에 15, 16, 17, 18, 19, 20편을 연달아 업로드했다.

거기까지가 상상력을 얻기 전에 써놓은 분량이었다.

이제 몽중인의 평균 조회 수는 8만이 넘어가고 있었다.

무서운 속도였다.

그런데 오늘 6편을 한 번에 풀었으니 그것이 또 한 번 화제가 되어 몽중인의 게시판으로 독자들을 끌어모을 터였다.

'1화 조회 수는 9만.'

14화 조회 수는 8만 8천이었다.

한데 13화 조회 수는 8만 3천에 불과했다.

독자들이 다음 편이 언제 올라오는지 계속해서 글을 클릭하다 보니 14화가 13화의 조회 수를 초과하게 된 것이다.

몽중인의 새로 업로드한 글들의 조회 수가 미친 듯한 속도로 올라갔다.

그리고 하나같이 김두찬을 찬양하는 댓글들이 달렸다.

댓글을 천천히 읽어나가던 김두찬은 20화에 계속해서 연참을 해달라는 댓글이 달리자 21화와 22화까지 풀어버렸다.

그것들은 상상력의 랭크를 올린 뒤 집필한 부분이었다.

이를 읽은 독자들은 그야말로 충격에 빠졌다.

그전까지도 몽중인은 완벽한 글이라 할 만했다.

그런데 그 이상을 보여주는 글을 김두찬이 적어냈다.

22화 연재 글엔 이제 김두찬을 신처럼 떠받드는 식의 댓글이 우르르 달리기 시작했다.

그 무렵 환상서 게시판에는 또다시 서태휘의 글이 올라왔다.

제목: 몽중인 최신 화를 읽었습니다.

내용: 김두찬 작가는 괴물입니다. 그는 또 한 번 성장했고, 나는 그의 글에서 아무런 오점도 잡아내지 못했습니다.


그 과묵한 서태휘 작가가 김두찬에 관해 언급한 것이 벌써 세 번째다.

이제 몽중인의 게시판은 열기가 끓어오르다 못해 터질 지경이 되었다.

이를 지켜보던 김두찬이 컴퓨터를 끄고 침대에 누웠다.

앞으로 더 달리는 댓글들은 아침에 설레는 마음으로 열어 볼 셈이었다.

'그나저나 후속작은 뭐가 좋을까.'

김두찬은 그런 생각을 하며 꿈속으로 빠르게 침잠했다.

그런데.

"응?"

또다시 그는 자신이 꿈을 꾸고 있음을 자각했다.


\*　　　　\*　　　　\*


이번 꿈은 저번과 달랐다.

배경은 어느 한적한 숲 속 오두막 안이었다.

김두찬은 거대한 솥단지 안에 갇혀 있었다.

무거운 솥뚜껑이 위를 막고 있기 때문에 어둠이 사위를 잠식했음에도 그는 자신이 솥단지 안에 갇혀 있다는 걸 알았다.

그것이 이 꿈의 설정이었다.

어둠 속을 두리번거리는 김두찬의 눈에 흥미로운 빛이 어렸다.

'신기하다.'

내가 어디 있는지 의문을 갖기도 전에 자동으로 인지가 된다니.

하나 그 생각은 얼마 가지 않았다.

'갑갑해.'

김두찬의 숨이 턱턱 막혀왔다.

그가 얼른 솥뚜껑을 치워 버리고 싶었지만 불가능했다.

몸이 말을 듣지 않았다.

김두찬은 그저 이 상황을 인지하기만 할 뿐, 자신의 행동을 제이할 수는 없었다.

그때, 갑자기 솥의 밑 부분이 뜨거워졌다.

오두막의 주인인 마녀가 다가와 불을 붙인 모양이었다.

보이지 않았지만 알 수 있었다. 그것 역시 이 꿈의 설정이었으니까.

김두찬은 실제로 뜨거움을 느끼진 못했다.

그저 뜨거울 것이라 예상할 뿐이었다. 한데 그것만으로도 기분이 상당히 더러웠다.

'아, 배경을 바꿀 수 있다고 했지? 어디 한 번.'

김두찬이 숲 속 오두막을 지워 버리고 탁 트인 평야로 배경을 바꿨다.

성공이었다.

이번 역시 보지 못해도 알 수 있었다.

그런데 불을 지피는 마녀는 그대로였다.

'어… 아, 배경만 바뀌는 거였나?'

김두찬이 이걸 어쩌나 생각하다가 불현듯 이런 거지 같은 꿈은 빨리 깨고 싶다고 생각했다.

그때였다.

"……."

침대에 누워 잠들었던 김두찬의 눈이 번쩍 뜨였다.

"어?"

그것 역시 자각몽의 특전 중 하나였다.

언제든 원할 때 꿈에서 깰 수 있는 것!

'신기하네, 이거.'

자신이 꾸는 꿈을 인지하고 마음대로 깨어날 수 있다는 게 은근히 재미있었다.

김두찬이 스마트폰으로 시간을 확인했다.

새벽 다섯 시였다.

꿈은 상당히 짧았는데 그새 세 시간 정도가 흘러 있었다.

'음, 더 잘까.'

김두찬이 다시 눈을 감았다.

피로가 덜 풀렸던지라 슬슬 잠이 오기 시작했다.

그때 김두찬의 호기심이 고개를 들었다.

자각몽의 랭크가 더 올라가면 무슨 일이 벌어질까?

쇠뿔도 단김에 빼랬다고 김두찬은 곧바로 간접 포인트를 확인했다.

자정이 넘어가고 다섯 시간이 흐른 시점에 벌써 하루 최고치인 1,000포인트가 적립되어 총 3,300포인트가 남아 있었다.

'일단 간접 포인트 400 투자.'

김두찬이 자각몽에 간접 포인트를 투자했다.


[자각몽의 랭크가 C로 업그레이드됐습니다. 랭크 업 특전이 주어집니다. 꿈속 등장인물들을 아는 사람이나 캐릭터에 한해서 마음대로 바꿀 수 있습니다. 현실감이 30% 생깁니다.]


'…현실감?'

현실감이라는 부분이 강하게 다가왔기 때문이다.

그러고 보니 지금까지는 꿈이라는 것을 알고 있기 때문인지 현실감이 없었다.

보통은 꿈을 꿀 때 그것이 현실인 줄 알고 확 몰입하기 마련이다.

그때 비로소 모든 현상들이 더 생생하게 다가온다.

그런데 이제 꿈속에서도 현실감을 느끼게 된 것이다.

비록 30%에 불과했지만.

김두찬은 어둠 속에 떠오른 시스템 메시지를 읽고서 몽롱한 정신에도 포인트를 더 투자했다.

'2,400 간접 포인트를 자각몽에 투자.'

이번에는 아예 과감하게 두 단계를 올려 버렸다.

그러자.

[자각몽의 랭크가 B로 업그레이드됐습니다. 랭크 업 특전이 주어집니다. 꿈속에서 처한 상황을 상상력의 한계 내에서 마음 대로 정할 수 있습니다. 현실감이 50% 생깁니다.]

[자각몽의 랭크가 A로 업그레이드됐습니다. 랭크 업 특전이 주어집니다. 꿈속 세상의 시간을 제어할 수 있습니다. 최소 1분 에서 최대 10일까지 조정 가능합니다. 현실감이 70% 생깁니다.]

김두찬이 들뜬 표정을 지었다.

'70%라……'

랭크가 업그레이드될 때마다 계속 올라가는 현실감 수치를 보고 있자니 마치 가상현실 게임이 등장하는 소설, 소위 겜판 에서 주인공이 싱크로율을 조절하는 것 같은 기분이 들었다.

'과연 얼마나 차이가 날까?'

김두찬은 내심 기대 반 우려 반 속에서 다시금 잠에 들었다.

*　　　*　　　*

아침 7시.

김두찬은 잠에서 깨자마자 소리 지르고 싶은 걸 꾹 참았다.

"이거야……!"

그가 주먹을 꽉 쥐고 낮게 환호했다.

간밤의 짧은 꿈속에서 그는 애초에 설정되었던 배경과 자신이 처한 상황, 그리고 등장인물들을 입맛에 맞게 바꿨다.

게다가 그 상황 속에서 3일을 보내도록 설정했다.

그러자 김두찬이 만들어놓은 세상 속에서 정말 3일이라는 시간이 흘러갔다.

물론 그것까지만 가능했을 뿐, 김두찬은 스스로의 행동을 여전히 제어할 수가 없었다.

한데 자신이 꿈속에서 행하고 겪는 모든 것들을 70%에 달하는 현실감으로 받아들이니 전과는 느낌이 완전히 달랐다.

마치 고전 도트 게임에서 최첨단 4K 고화질의 3D 게임으로 업그레이드된 것 같은 차이였다.

뭣보다도 가장 큰 변화는 꿈속에서 행하는 모든 것들이 경험이 되어 돌아왔다는 사실이었다.

현실에서는 절대 할 수 없는 일들을 그 안에서는 할 수 있었다.

꿈속에서의 3일이라는 시간은 빨리 감기를 하는 것처럼 쏜살같이 지나갔다.

신기한 것은 그럼에도 3일 동안의 일들이 직접 체험한 것처럼 생생하게 느껴진다는 사실!

지난 3일 동안의 경험을 되새기던 김두찬은 문득 이런 생각이 들었다.

'이거 혹시 S랭크로 업그레이드 하면 VR급 체감도 가능하지 않을까?'

그렇다면 진짜 초대박이 아닐 수 없으리라.

꿈에서 깬 김두찬은 현실에서 마주하기 어려운 경험들에 대해 적어나갔다.

그 생생한 느낌들을 기록해 두면 그것은 고스란히 김두찬의 피와 살이 될 터였다.

기록을 마친 김두찬이 버릇처럼 환상서에 접속해 몽중인 게시판을 열었다.

그리고 이내 저도 모르게 함박웃음을 지었다.

새벽에 올린 8편의 조회 수는 6만대.

그 이전의 조회 수 평균은 10만을 돌파했다.

뿐만 아니라 댓글 수는 거의 평균 800개에 육박해 있었다.

자유게시판도 난리가 났다.

몽중인의 마지막이 다가오면서 여러 독자들이 엔딩을 유추하는 중이었다.

단편에서는 결말을 정확히 보여주지 않은 까닭이다. 흔히 말하는 열린 결말로 끝을 맺었다.

엔딩이 아쉽긴 했지만 이미 완결된 작품을 개작해 달라고 할 수는 없는 법이다.

그래서 아쉬운 대로 만족하고 있던 독자들이었는데…….

그런데 장편으로 각색한 몽중인은 달랐다.

확실한 엔딩이 존재한다.

김두찬이 맨 처음 각색한 몽중인을 올렸을 때, 그 점을 정확히 못 박았던 것이다.

그걸 보고 싶은 독자들의 몸이 확 달아올랐고, 자유게시판까지 덩달아 달아올라 계속해서 몽중인과 관련한 게시물로 도배되고 있었다.

'와…….'

첫 페이지에서 8페이지까지 거슬러 올라가면서 게시물을 읽던 김두찬은 순간 울컥했다.

이렇게까지 자신의 글을 좋아하는 독자들이 있다는 사실이 너무 기쁘고 감격스러웠다.

이제 완결까지 남은 건 23, 24화, 단 두 편뿐이었다.

김두찬은 그것도 마저 다 올려 버릴까 싶었는데, 갑자기 조용하던 스마트폰이 울려댔다.

전화를 건 사람은 선우동이었다.

"선우 이사님, 아침부터 어쩐 일이세요?"

김두찬이 인사를 건네자마자 다급한 선우동의 음성이 들려왔다.

―김 작가님! 거기까지만! 거기까지만 올리세요! 마지막 화는 올리시면 안 됩니다!

'…어? 어떻게 알았지?'

내심 자신의 의중을 정확히 꿰뚫은 것을 신기하해며 김두찬이 물었다.

"네? 왜요?"

―왜라뇨! 당연히 그건 책으로 보게 해야죠!

선우동의 필사적인 외침에 김두찬은 그제야 아차 하는 표정을 지었다.

"아… 네, 알겠어요. 제가 출간해 본 적이 없어서 잘 몰랐네요. 혹시 폐를 끼쳤다면 죄송합니다."

김두찬의 정중한 사과에 수화기 너머에서 선우동이 도리어 당황한 음성으로 말했다.

―어, 어휴! 죄송하긴요! 괜찮습니다, 김 작가님. 따지고 보자면 미리 그 점에 대해서 말씀드리지 못한 저희 쪽 불찰이 더 크죠.

선우동도 하루 이틀 이쪽 일을 해온 게 아니었다.

그럼에도 이런 사소한 실수를 범한 것은 설마 김두찬이 하루만에 8편을 연달아 올릴 줄은 미처 몰랐기 때문이다.

보통 이 정도의 성적이라면 연참보단 하루에 한 편씩 올리는 게 더 이득이었다.

기존 작가들도 그쪽을 더 선호했다.

김두찬의 행보는 그런 상식에서 완전히 벗어나는 것이었다.

그야말로 파격적인 시도가 아닐 수 없었다.

―어쩜 이렇게 빨리 쓰셨습니까? 혹시 따로 비결이라도 있으세요?

선우동의 물음에 김두찬은 별 뜻 없이 말했다.

"그냥 글이 잘나와서요."

그 말에 수화기 너머에서 선우동은 소리 없는 비명을 내질렀다.

'지저스!'

이 정도 비축분을 만들어둔 것도 놀라운데, 별다른 비결이 있는 것도 아니고 그냥 글이 잘 나와서라니!

과연 다른 작가들이 이 말을 들으면 뭐라고 할까?

내심 궁금했지만, 지금은 그게 중요한 게 아니었다.

선우동은 애써 평온한 척 목소리를 가다듬으면서 말했다.

―지, 진짜 속도가 어마어마하시네요. 한데 그건 그렇고… 김

작가님 정말 신인 맞으시죠?

"새삼스러운 질문이네요."

—하, 하하. 그렇긴 한데 이게… 그러니까 21, 22화 읽으면서 어떤 생각이 들었는지 아세요? 어마어마하게 글을 잘 쓰는 기성 작가가 신인인 척하려고 그전 화까지는 힘을 좀 빼고 썼다… 라는 말도 안 되는 상상까지 했습니다.

"음… 칭찬으로 들어도 되는 거죠?"

—칭찬으로도 부족하죠! 대체 어떻게 하면 한 작품 안에서 그렇게까지 발전할 수 있는 겁니까? 비결이 뭐예요? 다른 작가님들한테도 알려줘야겠어요.

'비결이라.'

그럼 일단 인생 역전의 플레이어가 돼서 스토리텔링 능력을 S랭크까지 찍으라고 하세요, 하고 대답할 수는 없었기에 멋쩍게 웃어넘겼다.

"하하, 금칠해 줘서 감사해요."

금칠 같은 게 아니었다.

선우동은 진심으로 그리 느끼고 있었다.

—아무튼 작가님. 이왕 이렇게 된 거 책은 이달 안으로 내는 쪽으로 하겠습니다.

"가능해요?"

—가능하고말고요! 아니, 안 되도 되게 해야죠!

몽중인의 표지 작업은 사실 어제부터 들어간 상태였다.

저번 계약 때, 김두찬과 대화하면서 어떤 식의 표지를 원하는지 미리 자세히 물어봤기에 가능한 일이었다.

교정 작업도 지금이라도 당장 김두찬이 원고 완성본만 메일로 보내준다면 언제든 시작할 수 있도록 편집팀에게 신신당부해 둔 상태였다.

못해도 사흘.

그 안에 1차 교정까지 완벽하게 다 끝낼 수 있었다.

남은 건 하나뿐이었다.

―완성본, 오늘까지 가능하시겠습니까?

사실 모든 일정의 전제 조건이 몽중인의 완성 원고였다.

선우동의 물음에 김두찬은 잠시 생각했다.

꽤나 일이 급진적으로 진행된 감이 없잖아 있었지만, 어차피 기호지세였다.

이제 와서 망설일 필요는 없었다.

"전화 끊으면 바로 보내 드릴게요."

―그래주시면 감사하고요! 아무튼 마지막 화까지 집필이 다 되어 있는 거 확실하시죠?

완결 원고가 없으면 모든 계획과 일정이 물거품이 되는 것은 물론이거니와, 선우동과 출판사도 적지 않은 타격을 입게 된다.

그러니 제아무리 김두찬에 대한 선우동의 호감도가 높다고 한들, 재차 물어보지 않을 수 없었다.

하나 이번에도 역시 김두찬은 망설임 없이 답했다.

"지금 메일로 보냈으니까 한번 확인해 보세요."

거침없는 그의 대답에 그제야 선우동은 한결 마음이 놓인다는 투로 말했다.

—알겠습니다. 그럼 내일부터는 연재 종료하시고, 교정본 넘어가기 전까지 좀 쉬세요.

괜히 하는 말이 아니었다.

김두찬은 아직 학생임에도 피팅 모델에다, SNS에서는 백혈병 아동을 돕는 일에 열심이었다.

심지어 그런 와중에도 몽중인의 집필 작업을 게을리하지 않았다.

언제 쓰러져도 전혀 이상하지 않는, 그야말로 하드코어한 일정이었다.

단기적으로 보면 몰라도, 장기적으로 봤을 때는 결코 좋다고 할 수 없었다.

—자고로 작가는 건강이 제일입니다. 너무 달리면 일찍 지쳐서 중간에 퍼져 버릴 수도 있어요. 그러니까 부디 꼭 건강 챙기세요. 아시겠죠?

선우동의 음성에는 단순히 업무적인 것을 넘어서 진심으로 김두찬 개인의 건강을 걱정하는 마음이 담겨 있었다.

그것이 김두찬에게 고스란히 전해졌다.

"알겠어요, 이사님."

─그럼 시간 더 뺏지 않겠습니다! 쉬십시오!

"들어가세요."

김두찬이 전화를 끊었다.

말할 때 외에는 내내 진지한 표정을 지었던 그였다.

하나 그의 입꼬리가 슬그머니 올라가기 시작했고, 완전히 귀까지 올라갔다 싶을 때쯤 그는 큰 소리로 만세를 불렀다.

"출간이다!"

드디어 그의 꿈이 이루어지려 하고 있었다.


＊　　　＊　　　＊


한 주가 끝나 새롭게 시작된 월요일의 늦은 밤.

타타타타타탁!

김두찬은 자기 방에서 키보드를 두들기고 있었다.

지난 사흘간 김두찬은 바쁜 하루하루를 보냈다.

그는 주말 동안 피팅 모델 일로 야외촬영을 했다.

몸은 힘들었지만 구경꾼들이 많이 몰려드는 바람에 직접 호감도를 쉽게 1,000까지 찍을 수 있었다.

일이 끝나고 나면 반드시 서로아를 찾아갔다.

그리고 집에 돌아와서는 둘 사이에 있었던 얘기들을 SNS에 꼬박꼬박 올렸다.

그 와중에 진주 찾기 팀의 촬영은 일요일을 마지막으로 끝이 났다.

매일같이 붙어 다닌 터라 스태프들과의 이별이 내심 시원섭섭했으나, 정작 그들은 다음에 또 보자는 말로 김두찬을 의아하게 만들었다.

그 와중에 송하연이 남긴 마지막 말이 의미심장했다.

제가 한 번 연 맺은 사람들이랑은 좀 오래가는 팔자라서 조만간 재미있는 일 한번 일어날 거예요.

그 말이 무슨 뜻인지 궁금했지만, 송하연은 시간이 지나면 저절로 알게 될 거라면서 대충 얼버무렸다.

그렇게 촬영팀과 작별하고, 새로운 한 주가 시작되었다.

별다른 일정이 없기에 김두찬은 일단 자신의 본분에 맞게 학업에 충실히 임했고, 강의가 끝나자마자 바로 서로아를 만나러 갔다.

그리고 서로아와 즐겁게 이야기를 나누는 가운데, 아띠 출판사에서 연락이 왔다.

주말도 반납하고 밤새워 일한 아띠 출판사 편집자가 몽중인의 1차 교정본을 보낸 것이다.

선우동이 장담한 대로 김두찬이 원고를 보낸 지 딱 삼 일째 되던 날이었다.

김두찬은 병실에서 나와 집에 도착하자마자 열심히 교정본을 읽으면서 빨간색으로 체크되어 있는 부분들을 수정해 나갔다.

워낙 흠잡을 곳이 없는 소설이라 내용적인 면에서는 손댈 게 없었다는 편집자의 말마따나 오탈자와 비문을 잡는 정도가 고작이었다.

하지만 편집자의 눈에는 완벽할지 몰라도 김두찬의 눈에는 그렇지 못했다.

A랭크까지 올린 상상력 덕분에 조금만 가다듬어도 이야기를 더욱 풍성하게 만들 수 있는 부분들이 한눈에 보였기 때문이다.

김두찬은 그런 부분들을 집중적으로 보완한 뒤 다시 출판사에 보냈다.

그렇게 수정 작업을 마치고 나니 벌써 시곗바늘이 자정을 가리키고 있었다.

너무 수정 작업에만 매진하는 바람에 진주 찾기 본방은 또 놓쳐 버리고 말았다.

"이번에도 다시 보기로 봐야겠네. 후우."

한숨 돌린 김두찬이 몽중인의 게시판을 열었다.

거기엔 22화 이후 더 이상 새 글이 올라오지 않았다.

대신 출판 관련해서 연재 중단을 하게 되었다는 공지가 떡하니 자리하고 있었다.

그로 인해 독자들은 난리가 났다.

평균 조회 수 12만에 환상서의 모든 기록을 갈아 치운 허리케인급 소설이 책으로 출간된다고 하니 다들 그날만 손꼽아 기다리는 중이었다.

아울러 출간본은 연재 때보다 더욱 이야기가 풍성해질 것이라는 사족에 독자들의 기대감이 크게 올라갔다.

지금도 언제 책이 출간되는지 정확한 날짜를 알려 달라는 댓글들이 실시간으로 달리는 중이었다.

김두찬은 만족스러운 미소를 머금은 뒤, 아직 정확한 날짜는 자신도 모른다고 글을 남기고서 환상서를 닫았다.

그리고 상태창을 열었다.

오늘은 아침에 등교할 때 빼고는 정신없이 바빠서 직접 포인트를 확인하지 않았었다.

'직접 포인트가 3,427.'

능력치 중에서 또 하나를 S랭크까지 올릴 수 있는 포인트.

사흘 동안 열심히 모은 결과였다.

김두찬은 망설이지 않고 자각몽에다 직접 포인트 3,200을 투자했다.

그러자 그의 눈앞에 메시지 창이 떴다.


[자각몽의 랭크가 S로 업그레이드됐습니다. 랭크 업 특전이 주어집니다. 드림 룰러(Dream ruler)를 얻었습니다. 현실감이

100% 생깁니다. 꿈에서 받은 정신적 대미지와 트라우마는 현실에서 소멸됩니다.]

'드림 룰러?'

뭔가 판타지스러운 작명 센스였다.

현실감이 100%가 된다는 것과 그 뒤에 따라붙는 사족에 대해서는 바로 이해할 수 있었다.

말인즉 꿈속에서의 모든 일이 이제는 현실과 다를 바 없이 체감된다는 것이다.

4K 고화질 3D게임에서 VR 게임으로 단숨에 업그레이드된 셈이었다.

그것은 김두찬에게 대단히 좋은 특전이었다.

현실과 완전히 똑같이 체험할 수 있다는 것은 그 경험을 토대로 더 리얼한 글을 적을 수 있게 된다는 소리였으니까.

거기다 꿈에서 받은 정신적 대미지와 트라우마가 현실에서 소멸된다는 옵션까지 붙었다.

만약 꿈에서 죽음을 당했다고 가정했을 때, 그 당시의 공포를 그대로 안고 깨어난다면 미쳐 버릴지도 모르는 일이다.

괜히 이라크전과 같은 전쟁에 참여한 군인이나 용병들이 외상 후 스트레스 장애(Post traumatic stress disorder), 즉 PTSD에 시달리는 게 아니었다.

그런데 현실감 100%인 꿈에서 받은 정신적 대미지와 트라우마를 완전히 소멸시켜 준다?

이건 진짜 완전 끝내주는 사기 옵션이었다.

꿈에서의 경험이나 기억은 그대로 남되, PTSD와 같은 부작용은 일절 겪지 않는다는 소리였으니까.

'이건 확실하게 이해했고. 근데 드림 룰러는 뭐지?'

김두찬이 드림 룰러에 대해 자세히 살펴봤다.


[드림 룰러―패시브 능력. 꿈속 세상을 마음대로 조종한다. 자신을 제어할 수 있게 된다. 어떤 캐릭터, 생명체로도 변할 수 있게 된다. 가보지 못했던 곳, 만나보지 못한 사람들을 등장시킬 수 있다.]


'어… 이건?'

드림 룰러에 대한 설명을 전부 읽은 김두찬의 눈이 번쩍 뜨였다.

그것은 말 그대로 김두찬이 꿈속의 지배자가 될 수 있다는 것을 뜻했다.

지금까지는 김두찬이 스스로의 행동을 제어할 수 없었다.

한데 이제는 그러한 제약이 사라진 것이다.

게다가 누구로든 변할 수 있다고 한다.

아는 사람이든 모르는 사람이든 가상의 인물이든, 남녀노소 전부 해당되고 사람이 아닌 생명체로 변하는 것 역시 가능하다는 얘기다.

예컨대 꿈에서 얼마든지 자신의 소설 속 캐릭터로 변신해 직접 그 캐릭터의 입장에서 사건을 체험할 수 있다는 소리였다.

거기다 가보지 못했던 곳, 만나보지 못한 사람들까지 등장시킬 수 있었다.

그건 엄청난 일이었다. 단순히 상상력을 발휘하는 것 이상의 리얼리티를 글 속에 부여할 수 있는 것이다.

그러니까 본인이 설계하는 대로 꿈이 돌아가고 그것을 체험해 리얼하게 글로 풀어놓을 수 있게 됐다는 것이다.

그럼 이 꿀 빠는 상황에서 가장 필요한 건?

'상상력.'

바로 상상력의 힘이다.

풍부한 상상력이야말로 꿈속 세상의 여러 가지 상황들을 더욱 풍족하게 만들어줄 테니 말이다.

현재 김두찬의 상상력은 A랭크다.

거기다 100% 현실감이란 양념이 버무려진다면?

거기까지 생각한 김두찬이 무릎을 탁 쳤다.

'아아! 이런 거였구나.'

일전에 로나가 말했던 능력의 조화가 바로 이것이었다.

김두찬은 이제 꿈속에서 못 해볼 경험이 없었다.

안 그래도 기세 좋게 뛰어다니던 호랑이의 등에 날개가 치

솟고, 더 높은 하늘로 비상하는 순간이었다.

*　　　　*　　　　*

밤새 푹 자고 아침에 눈을 뜬 김두찬이 후다닥 컴퓨터를 켰다.

'대박이다.'

워드 프로그램을 띄우자마자 그의 손이 신명 나게 키보드를 두들겼다.

타타타타타타탁!

어젯밤.

잠이 들자마자 그는 드림 롤러의 능력으로 꿈속 세상을 조종했다.

그 안에서 김두찬은 차기작으로 생각해 두었던 주인공의 모습으로 변했다.

배경 역시 그가 원하는 세상으로 구축되었다.

주변 등장인물들 또한 그가 생각했던 그대로 등장했다.

그리고 꿈속 세상에서 열흘을 살았다.

김두찬은 세계관과 주인공이 처한 상황, 주인공과 주변 인물들의 관계, 그리고 거대한 주제 의식만 세워두었다.

그 상태로 자신이 닥치는 상황에 따라 행동하며 이야기를 만들어 나갔다.

꿈속에서의 그는 현실의 김두찬처럼 행동하지 않았다.

그 안에서 변신한 존재로 완벽히 빙의해 행동했다.

작은 버릇과 사고방식, 말투 하나와 성격까지 전부 바뀌어 있었다.

물론 그런 세세한 설정들을 만들어낼 수 있었던 건, A랭크의 상상력 덕분이었다.

상상력과 자각몽의 조화로 김두찬은 꿈속에서 보낸 10일 동안 어마어마한 이야기를 만들어낼 수 있었다.

게다가 잠에서 깬 뒤에 무슨 꿈을 꿨는지 잊어버리지도 않았다.

C랭크의 기억력 덕분이었다.

점점 김두찬이 얻은 능력들이 서로서로 맞물려 들어가고 있었다.

타타타타타타탁!

김두찬의 손에서 새로운 글의 설정이 적혀 나갔다.

세계관과 등장인물, 주제 의식, 큰 줄거리들이 순식간에 완성됐다.

꿈속에서 만들었던 상상력의 산물들이 열흘간 하나의 세상으로 진행되어지면서 보완된 것들이었다.

그것을 토대로 총 25화의 시놉시스를 적어나갔다.

그 역시 오래 걸리지는 않았다.

김두찬이 꿈속에서 겪은 열흘간의 이야기를 간추리면 되는 일이었다.

더도 덜도 필요 없었다.

꿈속의 열흘은 하나의 이야기를 완벽한 엔딩으로 끌고 가며 끝이 났다.

이번 글의 장르는 판타지 스릴러였고 배경은 현대였다.

어느 날 형사인 주인공은 의문의 죽음을 맞게 된다. 한데 눈을 떠보니 죽기 열흘 전으로 돌아와 있었다. 그것도 자신이 아닌 가장 친했던 친구의 몸으로 말이다.

주인공은 절친의 입장에서 열흘 전의 자신을 지켜보며 왜 내가 죽어야 했는지에 대한 의문을 해결해 나간다.

그런데 문제가 생긴다.

주인공에게는 죽기 전 결혼을 약속했던 약혼녀가 있었다.

하지만 지금은 절친의 입장으로 되살아난 입장이다.

때문에 약혼녀가 전생, 혹은 과거의 자신과 사랑스러운 하루하루를 보내는 것이 영 못마땅하다.

그때부터 사건은 새로운 기류를 타게 되고 누구도 예상치 못한 결말로 끝을 맺는다.

타타타타타타타탁!

김두찬이 한참 동안 키보드를 두들기다가 엔터를 치고 손을 멈췄다.

"후우."

워드의 페이지는 어느새 20페이지를 표시하고 있었다.

프롤로그 1페이지를 제외하면 넉넉한 2화 분량이다.

한데 너무 신나게 글을 적어나가다 보니 제목을 미처 정하지 못했다.

'어떤 제목이 좋을까?'

고민하던 김두찬이 원고의 첫 페이지 상단에 16포인트로 한 글자를 적었다.

'적.'

그것이 이번 작품의 제목이었다.

그 안에 담긴 뜻은 여러 가지가 있겠으나 김두찬이 가장 비중을 둔 건 이야기가 끝날 때까지 누가 진정한 적인지 쉽게 알 수 없다는 데에 있었다.

김두찬은 제목을 정한 다음 바로 새 연재 게시판을 만들었다.

그리고 프롤로그와 1화를 업로드했다.

그제야 한숨 돌리고서 시간을 보니 서둘러 움직이지 않으면 첫 강의에 지각을 할 판이었다.

김두찬은 서둘러 준비하고 집을 나섰다.

그가 버스 정류장을 향해 열심히 뛰는 사이 적의 조회 수는 무서운 속도로 올라가고 있었다.

\*       \*       \*

환상서가 또다시 뒤집어졌다.

자유게시판엔 3페이지 넘게 김두찬에 관한 이야기로 도배가 됐다.

no. 329192 김두찬 작가는 미친 거죠? 바로 신작이라니?

no. 329193 방금 선발대로 읽어보고 왔습니다. 절대 읽지 마세요. 다음 편 기다리는 게 너무 힘들어집니다.

no. 329194 어떻게 한 작품 끝내자마자 새 작품을 업로드할 수가 있지?

no. 329195 '적'. 대작의 냄새가 납니다.

no. 329196 이제 김두찬이라는 이름이 저한테는 믿고 보는 메이커가 됐습니다.

자유게시판을 연잇는 게시물의 제목들이 하나같이 그런 식이었다.

한편 김두찬의 신작을 읽은 채소다는 넋 나간 사람처럼 굳어서 모니터를 멍하니 바라보고 있었다.

이제 프롤로그와 1화만 올렸을 뿐인데 즐겨찾기는 3,000에다 평균 조회 수는 2만이 넘었다.

글을 올린 지 1시간 만에 벌어진 일이었다.

"두찬아, 너……."

잠시 숨을 고른 채소다가 마저 말을 이었다.

"한계가 어디까지야."

김두찬의 두 번째 작품이 벌써부터 거대한 지각변동을 예고하고 있었다.

# Liking 42
## 지금까지는 연습이었다

인터넷은 김두찬으로 인해 떠들썩했다.

진주 찾기 방송이 나간 이후 밤새도록 포털 사이트의 실검 순위는 김두찬과 관련된 키워드로 가득했다.

한데 정작 본인은 그걸 모르고 있었다.

김두찬은 잠실행 버스에 앉아 스마트폰으로 진주 찾기 다시 보기를 시청하는 중이었다.

이번 주 진주 찾기 방송에서도 메인 스토리로 잡은 건 김두찬의 작가 도전기였다.

그 과정 속에 서로아의 사연과 피팅 모델 촬영기 등을 적절히 섞어 편집했다.

아울러 김두찬이 조선호를 사고로부터 구한 장면도 그대로 송출됐다.

시사 교양 프로그램에서는 좀처럼 보기 힘든 사건이었다.

아무런 연출도, 편집도 없는 생 날것이 그대로 찍혀 나갔다.

그만큼 이 장면은 장안의 화젯거리였다.

게다가 자기 몸을 던져 노인을 구한 김두찬에게 의인이라는 별명까지 붙었다.

요즘 보기 드문 청년이니 용감한 시민상이라도 줘야 하는 게 아니냐는 여론까지 들끓었다.

김두찬 팬카페의 회원은 꾸준히 늘어나 방송 전까지 4천을 조금 넘긴 상태였다.

한데 방송 이후 그 수가 2만으로 늘어났다.

하루만에 1만 6천이 올랐으니 앞으로 얼마나 더 규모가 커질지는 지켜봐야 할 일이었다.

연예인도 아닌 일반인에게 이 정도로 큰 팬카페가 생겼다는 건 이례적인 일이었다.

팬카페 내부에서는 현재 두 가지의 큰 사안을 두고 활발한 토론을 벌이는 중이었다.

그중 하나는 김두찬이 스스로 팬카페에 가입할 때까지 기다리느냐, 연락을 취해 모셔오느냐 하는 것이었다.

거기에 대해서는 여러 가지 일로 정신없을 테니 스스로 가

입할 때까지 기다려 보자는 의견들이 더 많았다.

나머지 하나의 사안은 서로아의 사연을 어떻게 하면 더 널리 알릴 수 있을까 하는 것이었다.

이미 김두찬의 SNS 사연과 진주 찾기 방송이 나감으로 인해서 그녀의 얘기를 많은 사람들이 접했다.

하지만 팬카페 회원들은 만족을 몰랐다.

그보다 더 많이 보탬이 되고자 했다.

팬카페 회원 중 30퍼센트 정도는 주로미가 만든 클라우드 펀딩에, 작게는 1,000원에서 많게는 10만 원까지 기부를 했다.

그들 말고 전국적으로도 많은 사람들이 여기에 투자를 했고 지금 모집 금액은 3천만 원이 넘어가고 있었다.

불과 1주도 안 되는 시간에 벌어진 쾌거였다.

그렇다 보니 당연히 이러한 얘기들이 기사를 타고 퍼져 나갔다.

처음에는 그런 기사가 있는 줄도 모르고 묻혀 버렸다.

한데 방송이 나간 뒤에 그 기사들이 재조명되며, 거기서 파생된 다른 기사들이 마구 올라왔다.

할아버지의 목숨을 구하고 지금은 그 손녀의 목숨까지 구하려는 의인이자 핫한 SNS 스타이며 전도유망한 대형 신인작가 김두찬과 연관된 기사들이 일파만파 퍼져 나갔다.

게다가 김두찬이 부모님의 식당에서 알바를 하는 모습도 방영되면서 부대찌개닭도 덩달아 수혜를 입었다.

방송 다음 날은 개시를 하기 전부터 손님들이 미리 줄을 서고 기다릴 정도였으니 말이다.

한데 김두찬의 덕을 가장 많이 본 건 다름 아닌 방송국이었다.

평균 시청률 1퍼센트도 힘들었던 진주 찾기가 그날은 평균 8퍼센트를 넘어섰다.

순간 최고 시청률은 12퍼센트에 달했다.

놀라운 일이었다.

시청률을 본 송하연 작가와 주정군 피디는 서로 얼싸안고 뛰었다.

사실 그들은 시사 교양 쪽이 아닌 예능국 사람들이었다.

그런데 얼마 전 예능국장의 꼰대적 근성을 두고 쓴소리를 했다가 시사 교양국으로 방석을 옮기게 된 것이다.

그중에서도 망하느냐 마느냐 하는 진주 찾기 팀으로 말이다.

감히 국장에게 개기다니 어지간한 깡이 아니고서는 불가능한 일이었다.

사실 주정군은 끼고 싶지 않았다.

하지만 송하연을 짝사랑하는 입장으로서 그녀 혼자 당하게 할 수는 없었기에 같이 총대를 멘 것이다.

그들이 좌천되는 바람에 기존에 프로그램을 맡고 있던 피디와 작가는 다른 프로그램으로 강제 이동 당했다.

그들로써는 나쁠 게 없었다.

결국 욕을 먹는 건 프로그램이 폐지될 때 잡고 있는 사람들이기 때문이다.

예능국장은 송하연과 주정군에게 프로그램 시청률을 5퍼센트대로 올려놓지 못하면 다시는 예능국으로 복귀할 생각 말라고 엄포를 놓았다.

사실 망할 게 분명한 프로였기에 당연히 살리지 못할 것이라 믿었다.

그런데 김두찬이 살렸다.

송하연과 주정군에게 당장 예능국 복귀 명령이 떨어졌다.

예능국장은 그들을 다시 불러들이기 싫었다.

하지만 두 사람을 아끼는 부장이 예능국장과 비슷한 시기에 방송국 일을 해서 우애가 깊다.

스타일이 달라 싸우기도 많이 싸우지만 그래도 사석에서는 형, 동생 하는 사이이기에 살살 달래서 둘을 복귀시키도록 만든 것이다.

아무튼 김두찬 한 명으로 인해 여러 가지 사건들이 벌어졌고, 많은 긍정적 효과들이 일어나고 있었다.

그쯤 되니 많은 연예 기획사들은 김두찬을 어떻게든 잡고 싶어 안달이 났다.

그중에서도 가장 마음이 급한 건 플레이 인의 소지원 팀장이었다.

김두찬이 다시 연락 주기를 기다리고 있었지만 딱히 연락이 없었다.

'조건을 더 세게 불러야 하나?'

애초에 제시한 조건도 나쁜 편은 아니었다.

아직 연예계 쪽으로 발도 들여놓지 않은 일반인에게 5년 전속 1억의 계약금과 상당한 보너스를 붙여줬으니 말이다.

고민하던 소지원이 고개를 주억거렸다.

"계약금을 올려야겠어."

*　　　*　　　*

김두찬은 학교에 들어가려다 갑자기 몰려드는 아홉 명의 기자들로 인해 당황했다.

"어?"

대학교 정문 앞에서 기다리고 있던 기자들은 김두찬이 나타나자마자 일제히 카메라와 마이크를 들고 우르르 몰려들었다.

"안녕하세요, 김두찬 님! 모닝데일리의 전민주 기잡니다! 현재 백혈병 어린이를 돕기 위해 매일 SNS에 사연을 올리고 계신데요!"

"김두찬 님! 위크엔드에서 취재 왔습니다! 질문 하나만 드리고 가겠습니……!"

"혹시 연예계로 진출할 계획이 있습니까?"

"환상서에서 연재한 몽중인은 어느 출판사와 계약을 한 겁니까?"

기자들은 다른 기자의 질문이 끝나기도 전에 서로 질문을 던져대느라 바빴다.

그 바람에 열받은 기자 한 명이 고함을 쳤다.

"거 좀 차례 지키면서 물어봅시다! 우리 이러지 않기로 사전에 약속했잖아? 이러니까 우리가 어디 이름도 없는 쌈마이 찌라시란 소리를 듣지!"

이런 경험이 처음인 김두찬은 멍하게 그 광경을 지켜보다가 한마디를 던졌다.

"저… 강의가 늦어서 가보겠습니다! 인터뷰는 강의 끝난 다음에 해드릴게요!"

그 말을 남기고서 김두찬은 바람처럼 달려 사라졌다.

기자들이 그런 김두찬을 쫓으려 했지만 이미 눈앞에서 사라지고 난 이후였다.

그에 수많은 기자들 중 한 명이 어이없는 얼굴로 중얼댔다.

"운동까지 잘해? 하늘도 참 졸라 불공평하네."

*　　　*　　　*

김두찬은 강의실에 들어서는 순간 격한 환영을 받았다.

친구들은 매번 보는 얼굴임에도 김두찬이 그날따라 유난히 반가웠다.

강의에 들어오는 교수들도 김두찬을 전과 다른 시선으로 봤다.

영상 기초와 시나리오 작법을 연속해서 강의하는 구모니카 교수의 호감도는 73까지 올라 있었다.

화요일 마지막 강의인 극작 기초 고민영 교수의 호감도는 기존 43이었던 것이 78로 솟구쳤다.

그뿐만 아니었다.

학교에서 생활하며 지나치는 모든 학생들의 호감도가 평균 50 이상이었다.

물론 전부 김두찬을 좋아할 수는 없는 일.

간혹 시샘에 빠진 학생들의 호감도는 ―까지 내려가기도 했지만 크게 신경 쓸 필요는 없었다.

강의가 다 끝나고 난 뒤 김두찬은 하굣길에 또 한 번 기자들에게 둘러싸였다.

기자들은 하나같이 마이너한 잡지, 유명하지 않은 신문사 소속이었다.

그래도 김두찬을 인터뷰하러 와주었다는 것 자체가 영광이었다.

김두찬은 모두의 질문에 친절히 응해주었다.

그 착실하고 바른 인상에 김두찬을 인터뷰한 기자들의 호감도가 일제히 상승했다.

당연히 얼굴값을 할 것이며 뭔가 덧칠된 이미지가 있을 것이라던 선입견은 씻은 듯이 사라졌다.

인터뷰를 마친 김두찬은 바로 서로아의 병원으로 향했다.

그런데 병원에는 반가운 얼굴들이 먼저 와 있었다.

"안녕, 두찬 씨."

"여어!"

"두찬 오빠!"

바로 송하연과 주정군이었다.

"송 작가님! 주 피디님!"

김두찬이 그들에게 다가가 로아부터 한 번 안아준 뒤, 반갑게 인사를 나눴다.

"어쩐 일로 오셨어요?"

"로아가 보고 싶기도 하고 기쁜 소식 들려줄 것도 있고 해서."

"기쁜 소식이요?"

김두찬이 로아를 침대에 내려놓았다.

그러자 조선호가 눈물이 그렁그렁해서 김두찬의 손을 꼭 잡았다.

"두찬 청년, 고마워요. 정말 고마워요!"

"할아버지, 왜 그러세요?"

"기뻐서 그래요. 기뻐서."

기어코 눈물을 터뜨린 조선호를 김두찬이 달랬다.

송하연이 그런 두 사람을 보며 말했다.

"두찬 씨의 SNS랑 진주 찾기 방송이 나가는 바람에 광고가 톡톡히 됐어요. 조직 검사를 해보겠다고 지원한 분들이 무려 408명이나 돼요."

"그렇게나 많아요?"

"네. 이미 조직 검사를 시작한 사람들도 제법 있어요. 크라우드 펀딩에는 현재까지 3천5백만 원이 모였고요."

오전에만 해도 3천만 원 수준이었는데 그새 5백이 더 늘었다.

"이미 수술비는 충분히 충당하고 남아요. 펀딩 기간이 끝날 때쯤엔 얼마나 더 많은 금액이 모일지 궁금할 지경이에요."

주로미가 개설한 크라우드 펀딩 자체가 수술비만 지원하자는 게 아니라 남은 돈은 로아의 꿈을 위해 후원해 주겠다는 취지다.

때문에 돈은 많이 모일수록 좋았다.

"정말 다행이네요. 할아버지 축하드려요."

김두찬이 자신의 일인 양 기뻐했다.

조선호가 고개를 절레절레 저었다.

"우리한테야 축하할 일이지만은 내가 두찬 청년한테 너무 염치없고 미안해서 어떡해요."

"그렇게 생각하실 필요 없어요. 할아버지는 우리 로아 병

낫는 것만 신경 쓰시면 돼요."

"맞아, 할아버지! 내가 유명한 만화 작가 돼서 두찬 오빠랑 다른 고마운 사람들한테 받은 거 다 돌려줄 거야! 더 많이 돌려줄 거야! 헤헤."

주정군이 그런 로아의 머리를 쓰다듬었다.

"바로 그거야, 로아야! 하하하하하!"

주정군의 커다란 웃음소리가 병실 안을 쩌렁쩌렁 울렸다.

그러다 제 목소리에 깜짝 놀란 주정군이 얼른 입을 막았다.

그 바람에 이 모습을 본 다른 사람들이 폭소를 터뜨렸다.

병실 안은 기분 좋은 웃음소리로 가득했다.

*　　　　*　　　　*

김두찬이 집으로 돌아왔을 땐 이미 열한 시가 넘어 있었다.

오늘따라 병원에서 시간을 많이 보낸 탓이다.

그런데 집 안에는 손님이 와 있었다.

식당에서 돌아온 부모님도 그 낯선 손님과 함께였다.

"저 왔어요."

"두찬아, 왔니?"

김두찬을 보자마자 거실에 앉아 있던 사내가 벌떡 일어섰다.

전체적으로 슬림한 체형에 눈이 조금 찢어졌고 안경을 썼다.

그 때문에 인상이 날카로워 보일 수도 있었으나 입가에 달고 있는 사람 좋은 미소가 오히려 부드러운 이미지를 줬다.

그래도 만만해 보이는 인상은 절대 아니었다.

그는 김두찬에게 다가와 공손히 명함을 내밀었다.

"안녕하세요, 두찬 님. 매번 문자랑 전화로만 얘기 나누다가 이렇게 직접 보는 건 처음이죠?"

김두찬 명함을 받았다.

거기엔 플레이 인 신인 발굴팀장 소지원이라는 이름이 적혀 있었다.

"소지원입니다. 기억하시죠?"

"아, 네. 기억해요. 한데 우리 집은 어… 떻게 알고?"

어쩐 일로 오셨냐 물으려다가 질문을 바꿨다.

"방송에 나오셨잖아요. 그때 부모님께서 운영하시는 식당도 나오더라고요. 식당 정보야 인터넷에 검색하면 바로 나오니까 전화해서 부모님께 방문해도 될지 여쭤봤죠. 혹시 기분 상하셨다면 사과드리겠습니다."

소지원이 김두찬에게 고개를 숙였다.

그러자 김승진이 손사래 쳤다.

"됐어요, 됐어. 두찬아, 우리가 오시라 그랬다. 어서 이리 와 앉아라. 팀장 양반도 오세요."

김두찬과 소지원이 거실에 엉덩이를 붙였다.

"그러니까 아빠가 듣기로 이분이 플레이 인이라는 연예 기획사 팀장인데 너랑 계약을 맺고 싶다더구나. 널 연예계로 내보내려는 게 아니라 작가 생활 잘할 수 있도록 관리를 해주고 싶대. 방송 출연은 많아도 달에 네 번 이상 추진하지 않을 거고. 뭐 네가 욕심나서 더 하게 되면 그건 말리지 않겠다는 것 같더라만. 아무튼 계약 조건이 상당히 좋더라고. 한번 봐라."

김승진은 소지원의 얘기가 대단히 마음에 들었다.

김두찬에게 해가 될 것은 전혀 없었기에 이왕이면 계약을 하는 게 어떨까 싶었다.

하지만 그건 오로지 자신의 마음일 뿐이고 최종 결정은 아들에게 맡길 셈이었다.

심현미도 같은 의견이라 묵묵히 침묵을 지켰다.

김두찬이 이미 아는 내용이지만 한 번 더 계약서를 살폈다.

그런데.

"어?"

계약금이 1억에서 3억으로 올라 있었다.

김두찬이 2억이나 뛴 액수에 혀를 내두를 때였다.

지이이이이잉—

스마트폰에서 진동이 왔다.

액정을 보니 선우동에게서 온 전화였다.

"잠시 전화 좀 받을게요."

양해를 구한 김두찬이 전화를 받았다.

"선우 이사님, 죄송한데 제가 지금……."

김두찬이 양해를 구하려 했다.

한데 그보다 먼저 선우동의 간절한 음성이 들려왔다.

─김 작가님! 새로 연재하는 글 봤습니다! 그 글, 적! 다른 출판사랑 계약하지 말고 우리 출판사랑 한 번 더 하는 게 어떻겠습니다! 아, 아니, 어떻겠습니까! 몽중인보다 더 좋은 조건으로 모시겠습니다!

"…네?"

얼떨떨해 있는 김두찬에게 부모님과 소지원의 시선이 집중됐다.

안팎에서 갑작스레 큰일이 뻥뻥 터지는 밤이었다.

\*       \*       \*

김두찬은 결국 소지원과 계약을 했다.

사실 그에 대한 첫인상은 썩 좋지 않았다.

하지만 그가 자신의 무례를 단지 말로만 사과하지 않는 모습을 보고서 마음을 바꿔먹었다.

허락도 구하지 않고 찾아온 무례를 저지른 만큼, 소지원의 양손에 사죄의 뜻이 담긴 묵직한 선물들이 들려 있었던 것이다.

그렇게 김두찬은 플레이 인 소속 작가가 되었다. 아띠 출판사와는 전속 계약이 아닌 작품 계약이라서 나중에 이중 계약이니 뭐니 소리 들을 일은 없었다.

계약금은 도장을 찍은 뒤, 소지원이 어딘가로 문자 한 통을 보내자마자 바로 입금됐다.

김두찬의 통장에 3억이라는 거금이 들어왔다.

뷰티미에서 받는 돈은 일시불로 2천이 지급됐고, 나머지는 월급의 형태로 나누어 입금이 된다.

그래서 그저 많은 돈을 벌게 되었다는 생각이 전부였다.

그런데 3억이 입금되었다는 문자를 보니 이게 정말인가 싶었다.

액수가 워낙 커서 현실감이 없었다.

김승진과 심현미는 김두찬의 스마트폰으로 전송된 문자를 몇 번이고 다시 읽었다.

"3억 입금……."

"통장 잔액이 3억 2천만 430원……."

430원은 원래 통장에 들어 있던 돈이었다.

"으하하하하하하! 3억이라니! 우리가 3억이라니! 장하다, 내 아들!"

김승진이 덩실덩실 어깨춤을 췄다.

심현미도 같이 좋아하다가 갑작스레 정색을 하고 김두찬에게 물었다.

"그런데 두찬아. 정말 계약 조건에 이상한 건 없었니?"

"그럼요. 제가 근래 두 번이나 계약해 봐서 이제 확실히 볼 줄 알아요."

김두찬은 소지원이 가져온 계약서를 꼼꼼히 읽은 뒤 지력의 능력을 사용했다.

그리고 계약서 안에서 문제가 되는 사항을 발견하지 못했다.

김두찬에게도 플레이 인 측도 서로 윈윈할 수 있는 계약서였다.

"3억이다아아아!"

김승진이 만세를 부르며 소리쳤다.

"그게 무슨 소리야! 3억이라니!"

여태껏 방안에서 음악을 듣고 있던 김두리가 김승진의 고함에 뛰쳐나왔다.

"두리야. 네 오빠 3억 벌었다!"

"뭐? 3원이 아니고?"

"3억이라니까! 방금 기획사 팀장이라는 사람이 왔다 갔… 아니, 근데 너는 여태 뭐 하다가 이제 와서 뒷북이야?"

"이어폰 끼고 컴퓨터 하느라 누가 왔는지도 몰랐지. 아무튼 진짜 3억이라고?"

"그렇다니까. 봐라."

김승진이 스마트폰을 김두리의 얼굴에 들이밀었다.

문자를 확인한 김두리가 입을 쩍 벌렸다.

"꺄아악! 오빠! 나 쇼핑! 옷 사주세요!"

3억의 위력은 대단했다.

김두리의 입에서 저절로 존댓말이 튀어나왔다.

"그래, 두리야. 조만간 백화점 한번 가자. 그리고 아빠랑 엄마도 뭐 필요한 거 있으면 말씀하세요."

"우리는 됐다. 지금은 식당 하다가 쌓인 빚 갚을 생각부터 해야지."

"아빠 말이 맞아. 그 돈은 두찬이 네가 번 거니까 잘 갖고 있어. 괜히 주식 투자 같은 거 하지 말고. 그러다 홀랑 날린다."

"그래. 우리는 자식이 번 돈에 손댈 생각 없다."

그 말에 김두찬의 귀가 쫑긋 섰다.

"우리 집에 빚이 얼마예요?"

"어허, 이놈이. 집안일엔 신경 끄라고 누누이 말했잖냐."

"저도 이제 엄연히 돈을 버는 사회인이잖아요. 집에 도움드릴 수 있으면 드리고 싶어요."

"빚은 우리가 알아서 갚을 테니까 두찬이 너는 네 일만 신경 써. 어차피 지금 장사도 잘되니까 빚은 몇 년 안에 충분히 갚을 수 있어."

심현미까지 완강하게 나왔다.

그에 김두찬이 말을 바꿨다.

"그럼 이렇게 해요. 제가 돈을 빌려 드릴게요."

"돈을 빌려준다고?"

"네. 몇 년 동안 빚을 갚는다고 치면 거기에 붙는 이자만 얼마예요? 차라리 제가 갚고 이자 없이 저한테 그대로 돌려주시는 게 훨씬 낫잖아요. 안 그래요?"

듣고 보니 그도 그랬다.

갚을 돈이 수중에 있는데 이자로 생돈을 날리느니 한 방에 갚는 게 훨씬 나았다.

심현미와 김승진이 시선을 교환했다.

서로의 의중을 눈빛으로 묻는 중이었다.

"빚이 얼마나 되는데요?"

김두찬이 다시 질문했다.

그에 김승진이 마지못해 대답했다.

"한… 1억 3천 조금 넘는다."

"에엑! 우리 집 빚이 그렇게 많았어?"

집안 사정을 전혀 몰랐던 김두리가 혀를 내둘렀다.

액수를 듣고 나니 가슴이 철렁했다.

이번에 부대찌개가 잘 안 됐으면 완전히 망할 수도 있었던 상황이었다.

"흐아아… 우리 집안은 오빠가 다 살리는구나."

다리에 힘이 풀린 김두리가 소파에 털썩 주저앉았다.

김두찬이 멋쩍게 웃고서 부모님에게 말했다.

"당장 내일 제가 돈 부쳐 드릴게요. 1억 4천 넣을 테니 빚부터 해결하세요."

"허, 허험!"

김승진이 괜히 헛기침을 했다.

심현미가 그런 김승진의 옆구리를 쿡 찔렀다.

"어서 고맙다고 해요."

"아, 당신부터 해봐, 그럼."

"아이고~ 고마워, 우리 아들!"

심현미가 함박웃음을 머금고서 김두찬을 꽉 끌어안았다.

오래간만에 엄마 품에 안겨보는 김두찬의 얼굴이 붉어졌다.

심현미는 그 상태로 고개만 돌려서 김승진을 바라봤다.

"이게 어려워요? 아무것도 아니고만."

"어험! 두찬아. 고, 고맙다. 아비가 돼서 아들한테 돈 받아 빚 갚는다는 게 참… 염치가 없구나."

"아니에요, 아빠."

"아빠랑 엄마가 열심히 일해서 빨리 갚도록 하마."

"천천히 주서도 돼요. 저는 생활하는 데 부족한 거 하나도 없어요."

"어이쿠! 벌써 시간이 이렇게 됐네. 내일 장사하려면 얼른 자야겠다."

괜히 면목이 없는 김승진이 먼저 일어났다.

그 모습을 본 심현미가 재미있다는 듯 쿡쿡거렸다.

"네 아빠 저렇게 부끄러워하는 거 오랜만에 본다. 근데 두찬아."

"네?"

"글은 잘되니?"

그 물음에 김두찬이 자신 있게 미소 지으며 고개를 끄덕였다.

"네."

<br>

\*　　　　\*　　　　\*

<br>

다음 날.

인터넷엔 플레이 인과 김두찬의 계약 관련 기사가 수두룩하게 올라왔다.

한국 3대 연예 기획사 중 하나인 플레이 인과, 요즘 가장 핫한 청년 김두찬의 계약은 그야말로 세간의 이목을 집중시켰다.

플레이 인은 김두찬의 행보에 대해 그가 연예계보다는 작가 쪽으로 나가기를 원한다고 밝혔다.

아울러 집필에 전념할 수 있도록 물심양면 지원을 아끼지 않을 것이라는 사족도 달았다.

김두찬을 영입한 플레이 인의 주가는 그날 3%나 상승했다.

실로 김두찬 효과가 대단했다.

김두찬의 이름은 월요일부터 시작해 실검 순위에서 내려올 줄을 몰랐다.

＊　　　　＊　　　　＊

"와아."

오늘은 강의가 없는 수요일.

김두찬은 아침부터 컴퓨터 앞에 앉아 자신과 관련된 기사들을 찾아보며 혀를 내둘렀다.

"이게 이렇게까지 화제가 될 일인가?"

여기저기서 자신의 이름이 언급되는 게 신기했다.

정신없이 기사들을 뒤적이다 보니 어느새 30분이 훌쩍 지났다.

'8시.'

김두찬은 환상서에 접속했다.

게시판에는 프롤로그와 1화만이 업로드되어 있었다.

그런데 즐겨찾기가 7,000에다 평균 조회 수는 4만이 넘었다.

300개가 넘는 댓글들은 전부 호평이었다.

김두찬의 입이 귀에 걸렸다.

'계속 집필하자.'

김두찬이 워드 프로그램을 켰다.

그리고 적의 뒷부분을 적어나갔다.

타타타타타탁!

1시간. 2시간. 3시간······.

시간은 계속해서 흘러갔다.

김두찬은 시간의 흐름을 잊어버리고서 글 속에 완전히 몰입해 있었다.

김두리가 밥 먹으라고 몇 번 문을 두들겼지만 그조차 듣지 못했다.

그의 손이 쉬지 않고 움직였다.

단 한 번도 머뭇거림이나 막힘이 없었다.

탁!

"후우!"

그가 총 7화 분량까지 집필한 뒤 비로소 손을 멈췄다.

기존에 썼던 분량이 2화까지였으니 5화를 더 적은 것이다.

김두찬이 시간을 확인했다.

오후 5시였다.

총 9시간을 쉬지 않고 달린 것이다.

"시간이 이렇게 지났어?"

무아지경이라는 게 이런 거구나 싶었다.

김두찬은 추가 분량을 훑어보며 퇴고를 마쳤다.

그리고 2, 3, 4화를 업로드했다.

반응은 바로 나타났다.

적의 업로드를 기다리고 있던 독자들이 우르르 몰려들어 글을 클릭했다.

김두찬은 적의 게시판을 계속해서 새로 고침 했다.

1초당 조회 수가 20 이상 올라가고 있었다.

김두찬의 가슴속에서 희열이 폭발했다.

독자들의 댓글도 빠르게 달렸다.

하나같이 전율이라는 반응이었다. 그리고 빨리 다음 편을 달라는 요구도 많았다.

4화가 딱 그럴 만한 지점이다.

마약 브로커로 오해받아 동료 형사들에게 쫓기던 주인공이 죽임을 당하고 절친의 입장에서 되살아난 뒤, 원래의 자신과 맞닥뜨리는 부분이기 때문이다.

주인공은 자신이 왜 마약 브로커로 오해를 받은 건지, 과거의 자신을 지켜보며 알아내겠다 다짐을 한다.

4화까지의 반응은 실로 어마어마했다.

이 짧은 화수만으로 이토록 팽팽한 긴장감과 재미를 느낄 수 있게 하는 판타지 스릴러는 처음이라는 추천 글이 넘쳐날 지경이었다.

하지만 이것 맛보기에 불과했다.

진정한 재미는 5화부터 시작된다.

사건과 사건이 중첩되고 갈등과 갈등이 맞부딪히며 극적인 재미들이 태풍처럼 밀려온다.

김두찬은 한 편을 더 올릴까 말까 고민했다.

독자들이 계속 다음 편을 요구하니 이를 들어주고 싶었다.

그때였다.

지이이이잉—

스마트폰이 울렸다.

선우동에게서 온 전화였다.

김두찬이 전화를 받았다.

"네, 선우 이사님."

—작가님! 플레이 인이랑 전속 계약하셨다면서요!

"네. 그렇게 됐어요."

—이야, 정말 축하드립니다! 근데 전화 통화가 어렵네요. 계약하자마자 바쁜 스케줄에 쫓기고 있는 거 아니시죠?

"네? 저 계속 집에서 집필 중이었는데요?"

—그래요? 벌써 이게 다섯 번째 전화예요!

"아… 죄송해요. 집중하느라 몰랐나 봐요."

—크으, 그 집중력! 멋지십니다. 아무튼 플레이 인이면 책 홍보는 걱정 안 해도 되겠네요.

"아무래도 회사 측에서 열심히 해주겠죠?"

—그럼요! 전속 작가가 출간한 글인데 어련하겠어요? 덕분에 저도 면피했습니다. 사실 계약 조건 너무 높이 잡았다고 엄청 혼났었거든요.

"그러셨어요? 죄송해요."

―죄송하실 거 하나도 없습니다. 오늘 기사 터지고 사장님 입, 귀에 걸렸거든요. 다음 작품도 꼭 계약 따오라고 저한테 신신당부했습니다.

선우동이 은근히 김두찬에게 계약 얘기를 흘렸다.

김두찬이 웃음기 어린 목소리로 화답했다.

"제 글 가치를 알아주신 분인데 당연히 이번 작품도 같이해 야죠."

―정말이십니까! 제, 제가 당장 달려갈 수도 있습니다, 작가 님! 아, 이제 소속사 끼고서 계약을 해야 하려나요?

"아니요. 글을 계약하는 것에 대한 권한은 전부 저한테 있 어요. 거기에 대해서는 터치 안 하기로 했어요."

―그럼 오늘 가겠습니다!

"벌써 저녁인데 괜찮으시겠어요? 부천이면 빨라도 한 시간 반은 걸릴 텐데."

―일 때문에 마침 용산 나와 있었거든요. 바로 가겠습니다!

"네. 알겠어요."

―작가님 마음에 쏙 들 만한 조건으로 찾아뵙겠습니다!

두 사람의 통화는 그렇게 끝났다.


*          *          *


김두찬의 두 번째 글, '적'도 선우동에 의해 아띠 출판사와 계약을 맺게 됐다.

조건은 초반 5천 부 발행에 15퍼센트. 1천 부 늘어날 때마다 1퍼센트씩 올려주고 1만 부를 찍을 땐 25퍼센트의 인세를 준다는 것으로 기존과 같았다.

이미 첫 작품의 조건 자체가 워낙 파격적이라 그걸 더 건드릴 수는 없었다.

때문에 선우동은 2차적 사용권에 대한 조항을 조정했다.

적이 계약 기간 중 해외 출판권과 전송권을 제외한 개작, 연극, 영화, 드라마, 만화, 애니메이션, 방송 녹음, CD 형태 등 2차적 저작물 사용으로 발생하는 수익금은 5 : 5로 배분한다는 부분이 있다.

이 배분율을 7 : 3으로 바꿨다.

한데 김두찬이 거기서 조건 하나를 더 제시했다.

글이 E-book으로 판매될 경우에는 수익 배분을 7 : 3에서 8 : 2로 바꾸자는 것이었다.

선우동은 그것 역시 인정해 줬다.

적의 상승세가 만만치 않았기에 약간의 출혈은 감수하고서라도 김두찬을 잡아야 했기 때문이다.

만족스럽게 계약을 마친 김두찬은 선우동과 헤어지고 난 뒤 집에 돌아와 환상서에 올라오는 채소다의 신작을 읽어나갔다.

그녀의 글은 역시나 재미있었다.

지금의 김두찬이 봐도 흠잡을 데가 거의 없었다.

현재 연재된 건 사흘 동안 6편이 고작이었다.

그럼에도 사람을 확 끌어당기는 힘이 있었다.

즐겨찾기는 4,000회.

평균 조회 수는 7,000이었다.

환상서의 역대 기록들을 살펴보면 놀라운 흥행 가도를 달리는 중이었다.

하지만 적 때문에 제대로 빛을 보지 못하고 있었다.

'음… 나도 본격적으로 장르 글을 적어볼까.'

지금까지 그가 집필하고 있는 글들은 습작 같은 느낌이 강했다.

몽중인은 습작을 발전시킨 것이고, 적은 단권짜리 글을 한 번 더 완결 치면서 장편의 감각을 잡아보자는 측면으로 적어나간 것이다.

물론 김두찬이 가지고 있는 자각몽과 상상력, 스토리텔링은 어마어마한 힘이다.

그러나 아무리 좋은 요리 재료를 가지고 있어도 요리 실력이 없으면 맛있는 음식이 나오지 않는다.

지금까지 김두찬은 자각몽, 상상력, 스토리텔링이라는 특급 요리 재료를 맛있게 조리하기 위한 실력을 키운 것이다.

사실 몽중인과 적은 판타지 소설이라보다 일반 소설에 가까웠다.

이제는 환상서의 성격에 딱 맞는 현대 판타지나 정통 판타지 같은 것을 적어보고 싶었다.

'이런 글의 경우 최소 7권 이상을 목적으로 써야겠지. 권당 분량은 12만 자 이상.'

그가 워드의 새 창을 띄웠다.

그리고 맨 위에 '김두찬 장편 판타지 소설'이라는 글을 적었다.

"이제부터 제대로 한번 써봐야겠다."

지금까지는 연습이었다.

# Liking 43
## 근데 왜 보고만 있어?

목요일 아침부터 선우동에게 전화가 걸려왔다.

"여보세요."

이제 막 일어나서 씻고 김두리와 아침을 먹던 김두찬이 전화를 받았다.

─작가님! 방금 2차 교정 원고 보냈습니다!

"이 시간에요? 편집부 분들 밤새서 일하신 거예요?"

─강요한 건 아닙니다. 담당 편집자가 빨리 책으로 출간하고 싶다면서 스스로 불타오른 거라 말릴 수가 없었어요. 해서 작가님께서 최종 교정 보시고 원고 넘겨주시면 다음 주 월요일에는 전국 서점에 배포가 가능할 것 같습니다!

"다음 주 월요일이요?"

―네네. 더 빨라지는 일은 있어도 늦어지는 일은 없을 겁니다, 작가님!

"알겠습니다. 제가 교정 봐서 오전 중으로 넘겨 드릴게요."

―넵! 감사합니다! 고생하세요, 작가님!

통화를 끝내고 나서 김두찬이 멍하게 허공을 응시했다.

이를 지켜보던 김두리가 고개를 갸웃거렸다.

"왜 그래? 출판사에서 뭐라는데?"

"월요일에… 오빠 책 출간된대."

"뭐?! 그럼 진짜 작가 되는 거야, 오빠?"

"응!"

"우와! 축하해! 대박 나서 어여쁜 동생 많이 챙겨주세요!"

김두리가 신나게 박수를 쳤다.

코앞으로 다가온 출간일에 김두찬의 가슴이 두근거렸다.

\*　　　\*　　　\*

첫 강의가 끝나고 찾아온 공강 시간.

김두찬은 친구 몇몇과 학교 식당으로 향했다.

오늘은 언제나 함께였던 주로미가 빠졌다.

다른 사람과 약속이 있다며 학교 밖으로 나간 것이다.

김두찬은 그런가 보다 하고 식사를 하는데 장재덕이 그에게 귓속말을 했다.

"근데 두찬아, 너 로미랑 무슨 일 있어?"

"응? 없는데?"

"그래? 묘하게 로미가 어색하게 대하는 것 같던데."

"어색?"

"요새 학교에서 전보다 대화도 안 하고 그래서. 뭐, 아님 말고."

별생각 없었는데 재덕이의 말을 듣고 보니 그런가 싶기도 했다.

'아, 그렇게 보였을 수도?'

이번 주 내내 김두찬은 정신없이 바빴다.

학교에선 강의를 들으랴, 쉬는 시간엔 다른 친구들한테 둘러싸여 이런저런 질문을 받으랴, 학교를 나와서는 로아의 일에 소설 집필에 정신이 없었다.

그래도 전에는 학교에서나마 주로미와 이런저런 대화를 제법 했었다.

한데 요즘엔 사적으로 어울릴 기회가 없었다.

물론 주로미도 클라우드 펀딩을 만들고 김두찬과 함께 서로아를 방문하는 등, 그에게 도움이 되는 일은 많이 해줬으나 딱 거기까지였다.

개인적인 대화는 오히려 줄어들었다.

하지만 그건 어쩔 수 없는 부분이니 대수롭잖게 생각하고 넘기기로 했다.

그때였다.

다시 식사에만 열중하는 김두찬의 바로 옆에 여학생 무리가 식판을 들고 앉았다.

연기과 2학년들이었다.

그 안엔 태평예술대학 퀸카라 불리는 예지우도 함께였다.

그녀들이 김두찬의 바로 옆에 붙어 앉은 건 요새 핫한 김두찬을 조금 더 가까이서 보고 싶은 사심 때문이었다.

하지만 예지우는 그런 마음이 없었다.

그저 친구들이 그러자고 하니 본의 아니게 따라오게 된 것이다.

한데 공교롭게도 김두찬의 바로 옆에 그녀가 앉게 됐다.

"시나리오극작과 1학년, 김두찬 맞죠?"

2학년 여학생 중 한 명이 넉살 좋게 물었다.

연기과답게 예쁘장한 여인이었다.

"네? 아, 네. 맞아요."

"가까이서 보니까 더 잘생겼다. 스무 살?"

"네."

"나는 스물둘. 1년 늦게 들어왔거든요. 이름은 임주연이에요. 앞으로 오다가다 얼굴 보면 인사하고 지내요."

"그럴게요."

그때 임주연의 옆에 있던 소찬미가 끼어들었다.

"두찬 후배! 저 몽중인 연재된 데까지 다 읽었어요."

"그래요?"

김두찬이 반색하며 물었다.

"웅. 지금 연재 중인 적도 읽고 있어요. 오늘 오전에 7화까지 올렸죠?"

"네. 학교 나오기 전에."

"진짜 대박 꿀잼. 몽중인보다 더 재밌어요."

"정말요?"

"네."

"감사해요. 그런 말 이렇게 직접 들으니까 진짜 기분 좋네요."

김두찬이 소찬미의 얘기에 관심을 보이자 조용히 있던 또 다른 2학년생이 끼어들었다.

"진주 찾기 잘 봤어요. 근데 할아버지 구해준 영상 진짜예요? 주작 없고? 완전 아찔하던데. 오토바이에 치일 뻔한 거 몸 날려서 구해줬잖아요. 무슨 액션 영화 보는 줄 알았어요. 연출 아니에요?"

"아니에요. 그거 진짜예요. 저도 너무 상황이 다급해서 경황이 없었어요. 그냥 구하고 봐야겠다는 생각밖에 안 들더라고요."

"그랬구나. 완전 멋있다. 보통 그렇게 하기 힘든데."

"아! 플레이 인이랑 계약했다면서요? 연예인도 아닌데 대단한 것 같아요."

"보니까 부모님 망해가던 식당 살린 것도 두찬 후배 덕이라 던데? 신메뉴 개발해서 기사회생시켰다고. 지금은 구리 시장 에서 소문 난 맛집이라면서요?"

"두찬 후배! 나 클라우드 펀딩에 3만 원 투자했어요!"

"아, 그 백혈병 걸린 여자애 도와주는 거? 나도 했음! SNS에 올리는 사연도 잘 보고 있어요. 나 울었잖아."

"어떻게 그런 생각을 했어요? 완전 천사야."

그 자리에 있던 모든 2학년 여학생들이 돌아가면서 김두찬 의 칭찬을 늘어놓았다.

한편 김두찬에 대해서 크게 관심이 없던 예지우의 눈에 호 기심이 어렸다.

'얘는… 슈퍼맨이야?'

그녀의 기억 속 김두찬은 크게 두 가지 이미지로 남아 있었 다.

하나는 학교 식당에서 유아라의 못된 짓에 넘어지던 주로 미를 몸 던져 받아낸 사람.

또 하나는 전철에서 난동 부리던 고등학생들을 용감하게 제압했던 사람.

그 두 번의 사건 덕분에 김두찬에 대한 예지우의 호감도 는 20까지 올라갔었다.

이후로 도통 볼 일이 없었기에 다시 0으로 내려갔다가 최근

그와 관련된 기사 몇 개를 보며 다시 7로 바뀌었다.

하지만 큰 관심은 없었다.

해서 따로 김두찬이라는 사람에 대해 찾아보지 않았다.

그녀가 아는 건 대표 기사 몇 개에서 본 플레이 인과 계약한 사람이라는 정도뿐이었다.

한데 친구들의 김두찬 찬양에 호기심이 생기며 호감도도 올라갔다.

무엇보다 얼굴값 하지 않고 성격이 좋아 보였다.

백혈병 어린이를 돕고 있는 데다 위험에 처했던 할아버지를 몸을 날려 구했단다.

망해가던 부모님 식당까지 살렸다.

'기사에서는 소설가로서의 재능을 믿고 플레이 인이 계약을 했다고 했었지.'

완벽해도 너무 완벽했다.

김두찬을 바라보는 예지우의 호감도가 37까지 상승했다.

'조금 궁금하네, 이 사람.'

예지우는 열심히 떠드는 친구들을 바라보며 속으로 생각했다.

태평예술대학 최고의 퀸카이자 어떤 남자들이 대시를 해와도 무관심했던 그녀가 처음으로 남자에게 관심을 갖는 순간이었다.

　　　　　＊　　　　　＊　　　　　＊

　금요일은 뷰티미의 촬영이 잡혀 있었다.

　강의가 없는 날이라 촬영은 오전 10시부터 시작하기로 했다.

　한데 김두찬은 전날 학교에서 돌아와 적과 장편 판타지 소설을 집필하느라 새벽 5시쯤 잠이 들었다.

　그 바람에 늦잠을 자 자칫하면 약속 시간에 늦을 뻔했다.

　오늘은 실내 스튜디오 촬영이었다.

　"오늘도 잘 부탁드릴게요."

　"두찬 씨~ 평소처럼 내추럴하게, 알죠?"

　"두찬이 파이팅!"

　차례대로 심아현, 이현지, 김유나의 인사였다.

　그녀들은 이제 김두찬을 완전히 살갑게 대하고 있었다.

　2년 동안 함께 작업해 왔던 정미연에게는 영 적응 안 되는 광경이었다.

　그녀들은 상대가 누구이건 간에 늘 사무적인 태도를 취했기 때문이다.

　방긋방긋 잘 웃는 촬영 담당 이현지 역시 그 미소는 지극히 사무적인 것이었다.

　한데 김두찬을 향해 보이는 미소엔 진심이 담겨 있었다.

　정미연의 시선이 열심히 촬영에 임하는 김두찬에게 향했다.

가만히 그를 지켜보는 정미연의 눈동자에 저도 모를 애정이 깃들었다.

'하긴⋯ 조금 알고 지내다 보면 좋아할 수밖에 없는 타입이지.'

그녀가 그런 생각을 하는 순간.


[호감도를 6포인트 얻었습니다. 보너스 포인트를 분배해 주세요.]


김두찬의 눈앞에 시스템 메시지가 나타났다.

심아현, 김유나, 이현지의 호감도 수치는 그대로였다.

김두찬의 시선이 자연스레 정미연에게 옮겨졌다.

마지막으로 만났을 당시 정미연의 호감도는 89였고, 오늘 만났을 때도 수치엔 변화가 없었다.

한데 지금은 95로 올라가 있었다.

'100까지 얼마 남지 않았어.'

과연 정미연의 가장 뛰어난 능력은 무엇일지 궁금해졌다.

'정보의 눈을 사용해 볼까?'

김두찬이 간접 포인트를 살폈다.

현재 적립된 간접 포인트는 7,500이었다.

포인트 부자가 된 만큼 500포인트 정도는 사용해도 무리가 없었다.

'정보의 눈.'

[100/300/500 몇 포인트를 투자하시겠습니까?]

'간접 포인트 500을 투자하겠어.'

김두찬이 포인트를 투자하자 정미연에 대한 정보가 주르륵 나타났다.

이름: 정미연
성별: 여
나이: 25세.
생일: 7월 7일.
키: 162㎝
몸무게: 49㎏
직업: 뷰티연 소속 스타일리스트. 뷰티미닷컴 대표.
가장 뛰어난 능력: 행운

'어?'

정미연의 정보를 살피던 김두찬의 시선이 '가장 뛰어난 능력' 항목에서 멈췄다.

'행운?'

정미연의 가장 뛰어난 능력은 행운이었다.

이런 식의 능력을 보는 것은 처음인지라 김두찬은 조금 당황스러웠다.

하지만 정미연의 인생을 되짚어 보면 충분히 그럴 만했다.

우선 태생부터가 금수저다.

아버지는 한국 가요계에 아이돌과 팬덤이라는 문화를 정착시킨 제1세대 연예 기획사 사장이다.

어머니는 기라성 같은 스타일리스트들을 길러낸 스타일리스트계의 대모다.

지금 한국에서 이름 좀 날린다는 스타일리스트 중 그녀의 손을 거치지 않은 이가 없을 정도다.

당연히 두 사람이 벌어들이는 돈은 다 헤아릴 수 없을 만큼 어마어마했다.

그 사이에서 태어난 정미연은 부족한 것 하나 없이 자랐다.

게다가 얼굴도 예쁘고 몸매도 빠지지 않는다.

어디 한 곳 손대지 않은 천연 미인이다.

뿐인가?

그녀는 다양한 재주를 가지고 있었다.

공부는 공부대로 잘하고 노는 데도 일등이었다. 춤도 잘 췄고 어떤 게임이든 몇 번만 하면 전문가가 됐다.

아울러 스포츠와 미술 분야에도 능통했다.

그 많은 재능 중 하나를 살려 스타일리스트가 됐고 뷰티미닷컴의 CEO가 됐다.

스타일리스트 일은 시작한 지 얼마 안 됐음에도 벌써 이름값이 지속적으로 올라가는 중이었고, 뷰티미닷컴은 최단 기간 가장 빠른 성장세를 보인 인터넷 쇼핑몰로 꼽혔다.

뭐 하나 인생에 걸리는 것 없이 고속도로만 달려온 게 정미연의 인생이었다.

그 와중에 김두찬도 만났다.

이것이야말로 그녀의 행운이 아니었다면 벌어지지 않았을 일이다.

버스에서 소매치기를 당하던 날, 그것을 막아준 이가 김두찬이었다.

세상 그 많고 많은 사람 중에서 인생 역전 게임의 유일한 플레이어인 김두찬 말이다.

아무튼 김두찬은 정미연의 그런 인생에 대해 전부 알지는 못했다.

그러나 한 가지는 확실히 알 수 있었다.

'행운. 끝내주는 능력이다.'

김두찬이 그녀의 정보를 더 읽어 내려갔다.

그런데.

좋아하는 것: 진심
싫어하는 것: 가식
좌우명: 자존심보다는 자존감

## 최근의 관심사: 김두찬

'최근의 관심사가… 나라고?'

김두찬의 동공이 살짝 흔들렸다.

"오케이! 잠깐 쉬었다 갈게요!"

이현지가 마지막 컷을 확인하고서는 소리쳤다.

김두찬은 얼떨떨해하면서 간이 의자에 앉았다.

그런 그의 곁으로 정미연이 다가왔다.

"두찬 씨, 오늘 저녁에 따로 약속 있어요?"

"딱히 없어요. 더 촬영할 게 있나요?"

"아뇨. 나 오늘 한가해요. 간만에 쉴 거 같아요."

"아, 네. 좋으시겠어요. 편히 쉬도록 하……."

"끝나고 술 한잔해요."

"…네?"

*　　　*　　　*

촬영이 끝나고 난 뒤 정미연은 스태프들을 전부 데리고 술집으로 향했다.

한마디로 전체 회식이었다.

둘만의 술자리를 생각했던 김두찬은 괜히 혼자 부끄러워했다.

회식에 참여한 이들은 김두찬과 정미연, 심아현, 이현지, 김유나를 비롯해 남자 스태프 세 명까지 총 여덟이었다.

다들 김두찬과 함께하는 술자리는 처음인지라 조금씩 들떠 있었다.

술을 마시면 사람의 본성이나 본심을 알게 된다고 한다.

여자들은 하나같이 김두찬의 마음속 깊은 곳이 궁금했다.

정미연이 회식 자리로 잡은 곳은 고급 참치집이었다.

그들은 큰 방으로 안내를 받았다.

정미연은 통 크게 두 당 20만 원짜리 참치 코스를 선택했다.

'헐… 20만 원.'

음식에 한 번도 그만한 돈을 써보지 않았던 김두찬은 속으로 혀를 내둘렀다.

하지만 다른 사람들은 익숙한지 아무렇지 않은 얼굴들이었다.

기본 찬과 소주와 맥주, 음료수가 먼저 나왔다.

사람들은 제각각 취향에 맞는 술을 잔에 따랐다.

정미연이 잔을 들고 간단하게 건배사를 올렸다.

"놀 땐 놉시다. 일 얘기 하지 말고. 건배."

"건배!"

짠!

사람들이 잔을 부딪친 뒤 들고 있던 술을 단숨에 털어 넣었다.

재미있게도 뷰티미의 회사 사람들은 하나같이 술을 잘했다. 그래서 몸이 정말 안 좋지 않은 이상 누구도 술을 빼지 않았다.

그리고 술에 일가견이 있는 사람이 또 하나 늘었으니 바로 김두찬이었다.

김두찬의 술잔이 비자 정미연이 소주병을 들어 채워주려 했다.

"감사해요."

김두찬은 소주잔을 두 손으로 들었다.

"한 손으로 받아요. 회사 안에서나 상사지 밖에서까지 딱딱한 건 별로예요."

"그래요, 두찬 씨. 우리 미연 씨 완전 서양 마인드라 쿨해요."

이현지가 정미연을 스스럼없이 미연 씨라고 불렀다.

하지만 아무도 거기에 대해 신경을 쓰지 않았다.

김두찬만 놀란 토끼 눈이 됐다.

일을 할 때는 다들 정미연에게 꼬박꼬박 사장님이라는 칭호를 사용했기 때문이다.

"놀랄 것 없어요. 여기는 밖이니까 회사의 룰을 따르지 않는 것뿐이에요. 받아요, 어서."

"아, 네."

김두찬이 한 손으로 소주잔을 고쳐 들었다.

꿀꿀꿀.

시원하게 술 한 잔이 다시 채워졌다.

정미연은 다른 사람들에게도 술을 채워준 뒤 말했다.

"이제부터는 짠 없이 알아서 마셔요. 나이 많은 분들은 자기 잔 비었는데 아랫사람이 따라 주지 않았다고 구박주지 말기."

그 말은 정미연이 술자리에서 늘 하는 고정 레퍼토리였다.

그래서 다들 외울 정도였다. 심아현은 그녀의 말을 소곤소곤 따라 하기까지 했다.

그때 메인 메뉴가 서빙됐다.

테이블 중앙에 금가루가 뿌려진 최고급 참치살이 올라왔다.

오너 셰프가 방에 들어와 각각의 부위와 먹는 법을 친절히 설명해 준 뒤 뒷걸음을 쳐 조용히 방을 나갔다.

'와아.'

참치에 대해 잘 모르는 김두찬이 보기에도 퀄리티가 상당했다.

"잘 먹겠습니다!"

김유나가 명랑하게 소리치고서 참치 한 점을 입에 집어넣었다.

"꺄아~ 녹는다!"

이후로 사람들의 젓가락이 바쁘게 움직였다.

김두찬도 참치를 맛보았다.

실온에서 해동된 싱싱한 참치살이 몇 번 씹기도 전에 거짓말처럼 녹아 사라졌다.

동시에 김두찬의 머릿속 레시피북에 방금 먹은 참치의 종류와 부위, 관리법, 손질법, 해동 시간 등등의 것들이 적혔다.

누가 굳이 설명해 주지 않아도 요리에 대해 자세히 알고 즐기게 되니 편했다.

술자리가 시작된 지 두 시간이 흘렀다.

안주가 좋으니 술도 잘 들어갔다.

테이블에 빈 술병이 빠르게 쌓여갔다.

김두찬은 다른 사람들의 템포에 맞춰 쉬지 않고 술을 비워댔다.

그럼에도 자세가 흐트러지지 않았고, 혀도 꼬이지 않았다.

남자 스태프 두 명은 슬슬 눈이 풀렸다.

나머지는 아직까지 멀쩡했다.

"두찬이도 술 잘 마시네?"

저번 만남부터 말을 놓게 된 김유나가 빈 잔에 술을 채워주며 말했다.

"아, 네."

"주사는 없어?"

"딱히 없어요."

"가장 많이 마셔본 건?"

"음… 글쎄요. 아마… 13병이었나?"

"뭐어?!"

그 자리에 있던 사람들의 눈이 휘둥그레졌다.

"구라지?"

"아뇨, 진짜 그만큼 마셨었어요."

김두찬은 과 엠티를 갔던 날 밤새 술을 마셨다.

그때 그가 혼자 비운 소주가 13병이었다.

"와, 대단하다. 미연 씨! 호적수 나왔는데요?"

김유나의 말에 정미연이 빙그레 웃었다.

그녀 역시 알아주는 주당이었다.

보통 최고 주량을 물어볼 때 병으로 대답을 한다.

하지만 그녀는 무박 삼 일이라고 대답한다.

잠을 안 자고 삼 일 연속 술을 마셨던 일이 정말로 있었다.

"그럼 13병 마시고도 안 취했어?"

"네. 괜찮았어요."

"그 말, 진짜인지 확인해 봐야겠는데? 마시자!"

김유나가 신나서 떠들었다.

다른 사람들도 덩달아 분위기를 탔다.

사람들이 기분 좋게 이야기를 나누며 또다시 술을 작살내기 시작했다.

　　　　*　　　　*　　　　*

　술자리는 1차가 끝난 뒤 2차, 3차까지 이어졌다.

　남자 스태프 셋은 이미 2차가 끝날 때 만취해서 귀가했고, 심아현도 3차 초반에 집으로 돌아갔다.

　남은 사람은 김두찬, 정미연, 이현지, 김유나 넷이었다.

　3차로 온 곳은 새벽 늦게까지 하는 바(Bar)였다.

　김두찬 일행은 4인 테이블에 앉아 있었다.

　김두찬과 정미연이 함께 앉고 다른 두 사람이 맞은편에 앉았다.

　정미연은 눈이 약간 풀리긴 했으나 정신은 멀쩡했다.

　이현지는 술에 취해 이유 없이 혜실거렸고 김유나는 테이블에 엎드려 잠들었다.

　"헤헤헤, 헤헤. 딸꾹! 힛."

　귀신처럼 웃던 이현지가 양주 한 잔을 스트레이트 잔에 따라 단숨에 마셨다.

　그걸 본 김두찬이 걱정스레 물었다.

　"말려야 하는 거 아니에요?"

　"괜찮아요. 저러다가 자요. 좀 과격하게 쓰러지긴 하지만."

　정미연의 말이 끝나자마자 이현지가 눈을 감았다.

　그러고서는 그대로 테이블에 머리를 곤두박질치려 했다.

　가만두면 이마에 커다란 혹이 하나 달릴 판이었다.

"웃차!"

김두찬이 번개같이 손을 뻗어 그런 이현지의 이마를 받쳐 주었다.

틱.

그러고는 서서히 테이블 위에 머리를 올려주고 손을 뺐다.

이를 본 정미연의 얼굴에 묘한 미소가 자리했다.

"반사 신경이 대단하네요?"

고양이 몸놀림 덕분이었다.

"아… 네."

"진짜 하나도 안 취했나 봐요. 나보다 술 센 사람 거의 없는데. 그리고… 정말 착하네. 보면 볼수록 좋은 사람이라는 게 느껴져요, 두찬 씨는."

정미연이 그렇게 말하는 순간, 그녀의 호감도가 100을 찍었다.

'100이다.'

그녀의 정수리에서 흘러나온 빛 무리가 김두찬에게 스며들었다.

[상대방의 가장 뛰어난 능력을 익혔습니다. 보너스 스탯이 추가되었습니다.]

김두찬이 상태창을 열었다.

당연히 정미연에게서 얻은 새로운 능력은 '행운'이었다.

김두찬은 이것이 자신에게 어떻게 적용되는 건지 궁금했다.

그래서 남아도는 간접 포인트를 한 번에 투자했다.

'행운에 간접 포인트 3,100을 투자하겠어.'

[행운의 랭크가 E로 업그레이드됐습니다. 랭크 업 특전이 주어집니다. 행운이 F랭크보다 5% 증가합니다.]

[행운의 랭크가 D로 업그레이드됐습니다. 랭크 업 특전이 주어집니다. 행운이 E랭크보다 10% 증가합니다.]

[행운의 랭크가 C로 업그레이드됐습니다. 랭크 업 특전이 주어집니다. 행운이 D랭크보다 15% 증가합니다.]

[행운의 랭크가 B로 업그레이드됐습니다. 랭크 업 특전이 주어집니다. 행운이 C랭크보다 20% 증가합니다.]

[행운의 랭크가 A로 업그레이드됐습니다. 랭크 업 특전이 주어집니다. 행운이 B랭크보다 25% 증가합니다.]

행운의 랭크 업 특전은 상상력 랭크 업 특전과 상승 퍼센테이지가 똑같았다.

'행운의 S랭크 특전은 뭘까?'

모든 능력은 S랭크 달성 시 대단한 특전을 얻게 된다.

김두찬은 행운의 S랭크 특전이 궁금했으나 직접 포인트가 아직 2,545밖에 되지 않았다.

'그나저나 행운이 올라갔다는 건 어떻게 확인하지?'

상상력의 경우 글을 쓰면서 바로 체감할 수 있었다.

하지만 행운은 어떻게 확인할 수 있는 방법이 없었다.

"무슨 생각을 그렇게 해요?"

정미연이 김두찬의 얼굴을 가만히 바라보다가 물었다.

"아니에요, 아무것도."

김두찬이 고개를 저었다.

정미연은 자연스레 양주가 담긴 스트레이트 잔을 들어 올렸다.

김두찬도 자신의 잔을 들어 그녀의 잔과 부딪쳤다.

꿀꺽!

두 사람이 동시에 잔을 비웠다.

"크으."

술에 취하지는 않지만 양주의 이 화끈한 맛은 여전히 적응이 어려운 김두찬이었다. 그래서 얼른 안주를 먹으려고 서둘러 포크를 집으려다가 실수로 떨어뜨렸다.

챙.

'아고.'

김두찬이 바닥에 떨어진 포크를 집으려고 테이블 아래로 몸을 숙였다.

그런데 소파 밑 틈새로 연주황색의 종이 같은 게 삐져나와 있었다.

뭔가 싶어 손으로 빼 보니 5만 원짜리 지폐였다.

"어?"

김두찬이 포크와 함께 지폐를 들고 허리를 폈다.

"응? 웬 돈이야?"

"그러게요. 소파 아래 끼어 있었어요."

"누가 팁 주려다 떨어뜨렸나? 아무튼 럭키네."

럭키.

그 단어에 김두찬의 눈이 반짝 빛났다.

'이런 건가?'

평소라면 잘 일어나지 않았을 일이다.

그런데 행운이라는 능력을 얻어 업그레이드 시키자마자 돈을 주웠다.

김두찬은 이제 소위 말하는 운 좋은 사람이 됐다.

앞으로 어떤 행운들이 일어날지 김두찬은 은근히 기대됐다.

"두찬 씨."

"네?"

"내가 두찬 씨한테 고맙다는 말 했었나?"

"어… 글쎄요. 했던 것 같기도 하고. 하지 않았던 것 같기도 하고."

"그럼 이번 기회에 확실히 말할 테니 잘 기억해 둬요. 고마워요. 여러모로 많이 고마워하고 있어요. 앞으로도 고마울 것 같고."

"저야말로 고마워요. 미연 씨 덕분에 피팅 모델 일도 하게 됐고 제 친구 로미도 자신감을 찾을 수 있었어요."

김두찬의 입에서 주로미라는 이름이 언급되자 정미연의 입가에 의미를 알 수 없는 미소가 걸렸다.

"그러고 보니 궁금하네요. 로미 씨 요새는 어떻게 지내요? 저번에 같이 커플룩 촬영한 거 반응 좋아서 또 한 번 일 부탁하고 싶은데."

"아… 그게 요새는 대화를 통 못 했어요."

"왜요? 둘 사이에 무슨 일 있어요?"

"그런 건 아닌데… 뭔가 전보다 사이가 좀 소원해진 것 같기도 하고. 그냥 내 착각일 수도 있고. 잘 모르겠어요."

"그래? 근데 두 사람, 서로 남들보다 조금 더 애틋한 관계 아니었어요?"

정미연이 빈 잔의 테두리를 손가락으로 슬슬 문지르며 물었다.

"그것도 잘 모르겠어요. 우리가 뭔가 특별한 사이였는지, 아니면 남들보다 조금 더 친한 친구, 딱 거기까지였는지."

"남녀 관계. 세상에서 제일 어려운 것 중 하나죠. 그래도 연애 몇 번 하다 보면 감이라는 게 생기는데 많이 안 해봤나 봐?"

"아직… 한 번도 해본 적 없어요. 연애."

우뚝.

빈 잔을 문지르던 정미연의 손가락이 멈췄다.

그녀가 고개를 살짝 모로 꺾고서 김두찬을 바라봤다.

"모쏠이었다고요?"

"네."

"그 비주얼로?"

"…네."

"불가사의하네요. 상상도 못 했어."

"제가 좀 숙맥이거든요."

"보통 숙맥이 아니죠. 그래도 두찬 씨 은근히 여자 홀리는
능력이 있는데."

"저한테요?"

"기본적인 마스크랑 기럭지가 예술이잖아요. 거기다 성격
도 좋고. 근데 그걸 다 떠나서 뭔가… 사람을 잡아끄는 묘한
매력이 있어요. 이건 말로 설명이 안 되네."

정미연이 피식 웃고서 자기 빈 잔에 술을 채웠다.

그러고서는 천천히 입으로 가져가 술을 넘겼다.

고개를 높이 들어 올리며 드러난 목선이 은근히 섹시했다.

술을 넘기고 꼭 닫은 입술은 오늘따라 더 붉고 농염했다.

살짝 풀린 눈동자는 뇌쇄적이었다.

'예쁘긴… 예쁘다.'

김두찬이 머릿속으로 그렇게 생각했다.

그건 누구라도 부정할 수 없는 사실이다.

정미연은 확실히 예뻤다.

어지간한 연예인은 명함도 내밀지 못할 만큼 말이다.

김두찬이 저도 모르게 넋 놓고서 정미연을 바라봤다.

그러자 시선이 마주친 정미연이 불쑥 물었다.

"왜 계속 봐요?"

갑작스러운 질문에 김두찬은 반사적으로 대답했다.

"예뻐서요."

김두찬이 스스로 내뱉은 말에 놀라 눈을 크게 떴다.

이를 본 정미연의 입꼬리가 살짝 말려 올라갔다.

그녀의 붉은 입술이 고혹적으로 움직였다.

"근데 왜 보고만 있어?"

"네?"

정미연이 무슨 말을 하는 건지 몰라 되묻는 김두찬의 눈에 그녀의 얼굴이 갑자기 크게 잡혔다.

그리고.

쪽.

김두찬의 입술에 따스하고 촉촉한 것이 닿았다.

정미연의 입술이었다.

"……."

생전 처음 느껴보는 다른 여인의 촉감에 김두찬의 머릿속이 새하얗게 물들었다. 취한 것도 아닌데 정신이 몽롱해졌다.

석상처럼 굳어버린 김두찬의 귀로 정미연의 촉촉한 음성이
들려왔다.

"우리 연애해요. 잘해줄게요, 내가."

이것도 행운의 여파인가?

집에 돌아온 김두찬은 평소답지 않게 멍해 있었다.

그의 머릿속에서 조금 전의 상황이 생생하게 떠올랐다.

연애를 하자는 정미연의 대담한 발언에 김두찬은 아무 대답도 하지 못했다.

그러자 정미연이 피식 웃고서는 이렇게 얘기했다.

"마음속에 정리 안 된 사람이 있으면 정리하고 다시 대답해 줘요. 그런데 오래 기다리지는 않아요. 내 성격 알죠? 오늘은 이만 정리해요."

그렇게 술자리가 마무리됐다.

'설마 미연 씨가 그런 말을 할 줄은……'

알고 지내던 여인에게 처음으로 받아본 고백이었다.

솔직히 그 순간 김두찬의 마음은 크게 흔들렸다.

하지만 동시에 주로미의 얼굴이 떠올랐다.

그래서 대답을 할 수가 없었다.

집에 와서 그는 주로미에 대한 자신의 감정이 무언지 생각해 봤다.

분명 호감 가는 이성 친구였다.

그러나 계속해서 그 이상의 선을 넘지는 못하고 있었다.

김두찬이 바빠지고 나서부터는 오히려 더 소원해졌다.

문제는…….

'로미가 나한테 대하는 행동이 전과 달라졌는데 서운함 같은 걸 느끼지 못했어.'

그 이전에 그녀의 행동이 달라졌다는 것 자체를 인지 못 했었다.

장재덕이 말을 해준 다음에야 비로소 알 수 있었다.

그런 와중 정미연은 김두찬에게 고백을 했다.

그녀는 오래 기다리지 않을 거라고 했으니 긴 시간 머뭇거려서는 안 된다.

이번에 정미연을 잡지 못하면 평생 기회가 없을 거라는 느낌이 들었다.

그런 가정을 떠올리자 김두찬의 미간이 저도 모르게 찌푸려졌다.

정미연이 떠날 거라는 생각을 하니 기분이 유쾌하지는 않았다.

주로미와는 확연히 다른 반응을 스스로 보이고 있었다.

그제야 김두찬은 자신의 마음을 알았다.

그가 얼른 정미연에게 문자를 보냈다.

—다음번에 만나면 확실한 대답 들려줄게요.

전송 버튼을 누르고 나서 보니 이미 새벽 한 시였다.

연락을 하기엔 너무 늦은 시간이었다.

한데 정미연에게서 답장이 왔다.

—기대할게요.

짧게 찍힌 한마디가 그녀다웠다.

김두찬이 피식 웃고서는 침대에 누워 눈을 감았다.

또다시 하루가 마무리됐다.


*         *         *


토요일과 일요일, 이틀 동안 김두찬은 밖에 나가지 않고 집 안에서 집필하는 데 모든 시간을 할애했다.

적은 계속해서 새로운 기록을 경신해 나가는 중이고, 세 번째 장편 판타지 소설도 어제부터 연재를 개시했다.

총 10권 분량으로 기획을 했고, 제목은 '영웅의 노래'로 정했다.

이미 비축분은 20화를 만들어놨다.

타타타탁!

김두찬의 손이 바쁘게 움직였다.

그가 현재 집필하고 있는 건 적의 마지막 화였다.

적은 오늘까지 총 17화가 연재됐다.

즐겨찾기는 6만. 평균 조회 수는 15만이 넘었다.

그가 전작 몽중인으로 세웠던 기록을 전부 다 갈아 엎어버렸다.

연재를 시작한 지 불과 5일 만에 이루어낸 쾌거다.

타탁!

"후우."

엔터를 친 김두찬이 짧은 한숨과 함께 손을 멈췄다.

드디어 적의 집필이 끝났다.

일주일도 채 되지 않는 시간 동안 12만 자를 때려 책 한 권을 완성했다.

그것도 대단한 퀄리티와 재미를 완벽하게 보장하는 글을!

김두찬은 완성된 원고를 아띠 출판사 측에 메일로 보냈다. 그리고 시간을 확인하니 아직 오후 여섯시였다.

잠깐 머리도 식힐 겸 그는 어제 새로 연재를 시작한 영웅의 노래 게시판을 열었다.

놀랍게도 즐겨찾기가 2만, 평균 조회 수가 5만이었다.

영웅의 노래는 적의 신기록을 다시 갈아치우는 중이었다.

김두찬은 계속해서 과거의 자신을 이겨 나가고 있었다.

글에 달리는 독자들의 댓글 역시 90퍼센트 이상이 호평이었다.


김두찬 작가가 새로운 그만의 세계를 구축해 냈다.

한국에 없던 독특한 판타지다.

물 건너 나라에 반지의 제왕, 해리 포터가 있다면 한국에는 영웅의 노래가 있다.


이러한 추천 글들이 하루에도 몇 번씩 올라왔다.

보기만 해도 힐링이 되는 반응에 흡족한 미소를 보인 김두찬이 두 손을 깍지 껴 쭉 뻗었다.

두둑! 두두둑!

'이번에는 영웅의 노래다.'

잠깐 쉬었던 김두찬의 손이 다시 키보드를 두들겼다.

타타타타타탁!


\*       \*       \*


한 주의 시작인 월요일이 돌아왔다.

김두찬은 학교 가는 버스 안에서 반가운 전화를 받았다.

─작가님! 드디어 몽중인 전국 배포됐습니다! 고생 많으셨
습니다!

격앙된 목소리로 떠드는 사람은 선우동 이사였다.

"이사님도 고생 많으셨어요. 편집부 분들께도 인사 전해주
세요."

─아무렴요. 아, 그리고 적! 어제 바로 원고 읽어봤고요, 오
늘부터 교정 들어가는 중입니다.

"그래요? 어땠어요?"

─흠잡을 데 하나 없는 완벽한 글입니다. 어떻게 이런 글
을 5일 만에 써내신 겁니까?

"몽중인이랑 비교하면 어떻던가요?"

─훨씬 재미있습니다. 완성도도 높고요. 한 작품 완결 냈는
데 다음 글이 이렇게 좋아지는 경우는 드물어요. 아니, 제가
알기로는 없습니다. 존경스럽습니다, 작가님.

"다행이네요. 내심 조마조마했는데."

─그런데 작가님.

"네?"

─영웅의 노래는 더 좋던데요.

"그것도 읽어보셨어요?"

─당연하죠. 어떻게 그런 세계관을 만드셨습니까? 저뿐만
아니라 우리 편집부 사람들 다 읽어봤는데 일동 경악했습니
다.

"좋게 봐주셔서 감사해요."

김두찬이 기분 좋게 웃었다.

선우동은 그 작품도 계약하자는 말이 목젖까지 올라오는 걸 겨우 참았다.

너무 서두르다가 일을 그르칠 수 있기 때문이다.

대신 다른 말을 건넸다.

ㅡ사장님께서 출간 기념 파티를 열고 싶다고 하시는데, 어떻습니까?

"어, 저야 감사하지만 너무 거창한 거 아닐까요?"

ㅡ그냥 다 같이 얼굴 보고 회사 건물 구경도 하고 맛있는 안주에 술도 한잔하면서 이런저런 얘기 나누는 자리 정도로 생각하시면 될 것 같습니다. 그렇게 부담스러운 분위기는 아닐 겁니다.

선우동은 출간 기념 파티에서 분위기를 봐 세 번째 작품 계약 얘기를 꺼낼 생각이었다.

자고로 흘러가는 흐름이 좋아야 계약도 부드럽게 이어지는 것이다.

김두찬 역시 그런 선우동의 속내는 알고 있었다.

조건만 맞으면 계약서에 한 번 더 도장 찍는 거야 어려운 일이 아니었다.

"알겠어요. 그럼 서로 날짜 맞춰보고 자리 갖기로 해요."

ㅡ좋습니다. 그렇게 알고 있겠습니다. 적은 최대한 꼼꼼하

게 교정 보고서 바로 넘겨 드릴 수 있도록 하겠습니다. 그럼
들어가십시오, 작가님!

*　　　*　　　*

그날 저녁.

집으로 돌아온 김두찬이 인터넷 검색창에 몽중인을 쳤다.

그러자 제일 먼저 김두찬이 출간한 책에 대한 정보가 떴다.

그 밑으로는 몽중인과 관련된 기사, 리뷰들이 주르륵 나타
났다.

기사의 경우는 플레이 인에서 연 있는 기자들에게 글을 부
탁해 홍보를 때린 것이다.

리뷰 역시 알바들을 고용해서 올리도록 만들었다.

하지만 그 수는 몇 안 되고, 독자들이 직접 책을 사서 읽고
작성한 리뷰가 대부분이었다.

리뷰는 대부분이 호평이었고, 그 덕분에 책에 대한 대표 평
점도 9점대를 유지하고 있었다.

그와 연관해서 적과 영웅의 노래에 대한 기사들도 실시간
으로 쏟아지는 중이었다.

그것은 자연스레 연재 게시판의 즐겨찾기와 평균 조회 수
상승으로 이어졌다.

좋은 일들이 연속적으로 터지니 글을 쓸 맛이 났다.

김두찬이 다시 영웅의 노래에 집필을 열중하는 데 소지원으로부터 전화가 왔다.

"네, 소 팀장님."

―안녕하세요, 작가님. 내일 학교 가는 것 말고 스케줄 있으신가요?

"로아 병문안 가는 것 빼면 별일 없어요. 근데 그것도 오전에 갈 거라서 오후 6시부터는 프리해요."

―아, 그럼 인터뷰 좀 부탁드려도 실례가 안 될까요?

"인터뷰요?"

―네. 정상일보랑 컬쳐위크, 디스팩트에서 인터뷰 요청이 들어왔거든요.

셋 다 한국에서 내로라하는 신문, 잡지사들이었다.

그런 거대 회사에서 인터뷰를 원한다는 것이 김두찬은 대단히 신기했다.

"그렇군요. 근데 여태까지는 제 인터뷰 없이도 기사가 많이 나오지 않았나요?"

―아, 그건 영세한 업체들이 회사 측에서 건네준 자료를 토대로 마구 찍어낸 기사들이에요. 보시면 내용은 대동소이하고 단어 몇 개만 달라요. 전부 우라까이죠.

"우라까이요?"

―하하. 이쪽 전문용어예요. 같은 내용의 기사를 살짝 만져서 자기들 기사인 양 내는 거죠. 그러니까 깊이 있는 기사는

없어요. 하지만 작가님이 인터뷰하시면 얘기가 달라지죠. 특히 컬처위크에서는 작가님 특집으로 네 페이지 할당해 준다고 확답 받았습니다.

그 말을 듣자 김두찬의 가슴이 설렘으로 기분 좋게 뛰었다.

컬처위크라고 하면 20대부터 40대 사이 남성들에게 특히 인기 있는 주간지였다.

컬처위크는 남성들의 평생 관심사인 모든 문화에 대해 다루는 걸로 유명하다.

게임, 이성, 섹스, 장난감, 영화, 맛집, 데이트 코스, 사회적 이슈 등등.

그래서 키덜트 잡지라는 별명까지 붙었다.

정상일보는 대한민국 3대 신문사 중 한 곳이고, 디스팩트는 연예계 정상을 달리는 온라인 신문사다.

어느 하나 쉽게 볼 수 있는 곳이 아니었다.

─작가님께서 시간만 할애해 주신다면 6시 이후로 세 회사 인터뷰 시간 조정해 보겠습니다.

"네. 전 좋아요. 시간 내볼게요."

─감사합니다. 인터뷰는 회사에서 하는 게 어떨까요? 마침 내일부터 전담 매니저가 붙고 밴도 지급되니 하고 시간 맞춰서 모시러 가도록 지시해 놓겠습니다.

본격적으로 매니저가 붙고 밴이 지급된다고 하니 김두찬은 무슨 연예인이라도 된 것 같은 기분이 들었다.

"그래주시면, 감사하죠. 아마 늦어도 5시 반에는 학교에서 나올 거 같아요."

─알겠습니다. 작가님 일정에 차질 없도록 진행할게요. 내일 오전 중에 매니저에게 연락 갈 겁니다. 그럼 회사에서 뵙겠습니다. 쉬세요, 작가님.

소지원이 깍듯이 인사를 하고서 전화를 끊었다.

"인터뷰라니……."

기분 좋은 설렘에 빠져 괜히 마우스 휠만 드르륵거리는 김두찬이었다.

*　　　*　　　*

5월 30일, 화요일.

아침 일찍 일어난 김두찬은 로아의 병원으로 가기 전 서점에 들렀다.

그리고 자신의 책을 찾아봤다.

몽중인을 찾는 데는 오랜 시간이 필요치 않았다.

입구에서 들어오자마자 가장 눈에 잘 띄는 금주의 베스트셀러 매대에 당당히 자리 잡고 있었기 때문이다.

'출간 이틀 만에… 금주 베스트셀러? 설마.'

김두찬은 소속사에서 입김을 좀 불어넣은 것일 거라 생각했다.

아직 출간된 책이 집에 배송되기 전이라 제본된 걸 직접 보고 만지는 건 처음이었다.

'오늘쯤 도착할 거라고 하긴 했는데.'

김두찬이 그래도 참을 수가 없어서 몽중인 한 권을 구매했다.

표지는 교정본을 받으면서 후보로 넘어왔던 다섯 가지 타입 중, 김두찬이 선택했던 것으로 나왔다.

'진짜 예쁘다.'

책은 하드케이스였고 정가는 12,700원.

표지도, 그 위에 올라간 몽중인의 타이포그래피도 예쁘게 잘 빠졌다.

자기가 쓴 활자가 책으로 제본되어 나온 것을 보니 감회가 새로웠다.

표지 전면에 박힌 김두찬 장편 소설이라는 문구가 감격스러웠다.

김두찬이 천천히 책을 펼쳤다.

그리고 목차부터 시작해서 한 페이지, 한 페이지 정성스레 읽어나갔다.

그때 선우동에게서 전화가 왔다.

"이사님, 저 지금 서점에서 제 책……."

김두찬이 기쁜 마음에 인사도 없이 제 할 말만 늘어놓으려 했다.

그런데 선우동이 더 빨랐다.

―작가님! 터졌습니다!

"네? 뭐가……?"

―내일이면 몽중인 증쇄 들어갈 것 같습니다! 출간 사흘 만에 증쇄합니다! 으하하하하하하하!

그 말을 듣는 순간, 김두찬의 시선이 베스트셀러 매대로 향했다.

'이거 레알이야……?'

그때 로나의 음성이 들려왔다.

―정미연 씨한테 얻은 행운 스탯이 괜히 있는 게 아니랍니다.

요 며칠 조용하다가 오래간만에 듣게 된 로나의 음성이 김두찬은 반가웠다.

'로나. 겨울잠이라도 잤던 거야?'

―겨울잠까지는 아니지만 비슷한 거라고 해두죠. 근래엔 집필하시느라 바빴으니 굳이 제가 나설 필요도 없었고요.

'그렇긴 했지. 아무튼 지금 내 책이 출간 이틀 만에 이런 반응을 얻게 된 것도 행운 때문이라는 거야?'

―무조건 그렇다고는 할 수 없어요. 기본적으로 두찬 님의 글이 그만한 흥행 돌풍을 일으킬 수 있는 가치가 있기 때문에 가능한 일이었답니다. 행운이라는 것도 그럴 만한 '꺼리'가 있어야 따른답니다. 아무것도 없이 행운이 따르는 경우는 없

어요.

'그렇구나.'

로나의 말을 듣고 나서 김두찬은 안심했다.

자신의 책이 오로지 행운 때문에 잘 팔린 것이라고 하면 기분이 마냥 좋지만은 않았을 것이다.

김두찬은 스마트폰을 꺼내 베스트셀러 매대를 촬영했다.

찰칵!

그리고 괜히 혼자 멋쩍어서 얼른 자리를 피했다.

김두찬이 서점을 떠나고 난 다음.

그가 서 있던 자리 주변의 여인들 몇몇이 스마트폰을 보며 흐뭇해했다.

그녀들의 액정에는 하나같이 김두찬의 모습이 찍혀 있었다.

＊　　　＊　　　＊

서로아가 입원해 있는 강록병원 소아과 병동은 오늘따라 분위기가 축 처져 있었다.

카운터에서 일지를 적던 김 간호사가 한숨을 푹 쉬었다.

"벌써 삼 일째 안 오네. 그동안 눈 호강했었는데."

그러자 옆에 있던 서 간호사가 대답했다.

"그러게 말예요. 두찬 씨 보는 게 요즘 유일한 낙이었는데."

김두찬은 어느새 소아과 병동의 스타가 되어 있었다.

이제 그 병동 안에서 김두찬을 모르는 사람이 없을 정도였다.

특히 간호사들은 김두찬이 나타나면 어떻게든 조금이라도 더 잘 보이기 위해 은근한 경쟁까지 붙었다.

"근데 두찬 씨 여자 친구는 있을까요?"

"없겠니? 그 얼굴에."

"근데 왜 한 번도 병원에 안 데리고 와요? 분명 싱글일 거야. 내가 한번 대시해 볼까요? 타이트한 원피스 입으면 한 몸매 하는데."

서 간호사가 치마를 쫙 당기며 배와 엉덩이에 힘을 줬다.

그러자 김 간호사가 서 간호사의 엉덩이를 세게 때렸다.

찰싹!

"아야!"

"아서요. 몸매랑 얼굴이랑 따로 노는데 되겠니? 가면 쓰고 만날 거야? 복면 연애 할래?"

"꼭 그렇게 쿠싸리를 주고 그래요. 나 정도면 괜찮지."

두 간호사들이 열심히 떠들고 있을 때였다.

"안녕하세요."

김두찬이 카운터를 스쳐 지나가며 간호사들에게 인사를 건넸다.

방금 전 까지 티격태격하던 간호사 두 명의 눈이 초롱초롱하게 빛났다.

"두찬 씨가 돌아왔다."

"나한테 인사했어."

김두찬의 등장으로 다시 소아과 병동에 생기가 돌기 시작했다.

*　　　　*　　　　*

로아의 병실에는 다른 병실에서 넘어온 아이들과 보호자들로 북적였다.

다들 김두찬을 보러 온 것이다.

김두찬은 자신을 찾아오는 아이들을 모두 살갑게 대했다.

벌써 한 시간이 넘게 지치지도 않고 아이들과 놀아주는 중이었다.

그때 인파를 뚫고 누군가가 다급히 다가왔다.

"로아야! 할아버지!"

익숙한 음성에 시선을 돌리니 송하연이 헉헉거리며 김두찬의 앞에 서 있었다.

"어? 송 작가님."

"어라? 두찬 씨! 마침 계셨네요!"

송하연은 마침 잘됐다는 얼굴로 무슨 말을 더 하려 했지만 너무 흥분해서 숨이 턱 끝까지 차올라 그럴 수가 없었다.

그런 송하연을 서로아와 조선호가 반겼다.

"하연 언니!"

"어이고, 바쁘신 작가님께서 어쩐 일로 또 오셨어요?"

송하연은 두 사람의 인사에 일일이 대답 못 하고서 한참 동안 숨을 고른 뒤 겨우 말을 꺼냈다.

"할아버지! 로아야! 나타났어요!"

"뭐가 나타나요, 언니?"

로아가 흥분한 송하연의 말뜻을 이해 못 해 물었다.

그때 병실로 담당의와 간호사 한 명이 들어왔다.

담당의는 얼굴이 벌겋게 달아오른 송하연을 보고서는 허허 웃었다.

"그러다 입원하겠습니다."

"하아, 하아. 그러게요. 너무 들떠서. 원래 제가 이런 사람이 아니거든요."

"그러게요. 두찬 씨 촬영하실 적에 몇 번 오가는 모습 보면 침착해 뵈시던데요."

담당의의 말에 뻘쭘해진 송하연이 괜히 흐르지도 않는 땀을 닦는 척했다.

"의사 선생님. 무슨 일이 있는 건가요?"

조선호가 불안해져서 조심스레 물었다.

그에 담당의가 고개를 갸웃했다.

"아직 작가님께 전해 듣지 못하셨어요?"

"죄송해요. 잔뜩 흥분하는 바람에 숨만 몰아쉬다가 시간다 보냈어요."

"하하. 그랬군요."

너털웃음을 터뜨린 담당의가 모두를 바라보며 상황을 설명해 줬다.

"실은 우리 로아랑 할아버님께 좋은 소식 전해 드리러 가는 길이었는데, 마침 복도에서 작가님이랑 마주쳤어요. 시간이 나 문병을 왔다기에 작가님께 먼저 말씀드렸더니 모터 달린 듯 뛰어가시더군요."

"좋은 소식이라 하면은……?"

조선호가 일말의 기대감을 담고서 물었다.

담당의가 함박웃음을 지으며 고개를 끄덕였다.

"로아와 유전자형이 100퍼센트 일치하는 기증자가 나타났습니다."

"…네?"

조선호는 외마디 물음을 던지고서 석상처럼 굳어버렸다.

"보통은 조직 검사 후 2주에서 4주 정도 기다려야 결과가 나오고, 빠르면 예외적으로 2주 전에 결과가 나오기도 합니다. 이번에는 운이 좋았습니다. 초기에 지원한 사람 중에 일치하는 기증자가 나왔으니 말입니다."

"그게… 정말이에요?"

"기적이 일어난 겁니다."

그 말에 병실 안에 있던 사람들의 축하 인사와 함께 박수가 터져 나왔다.

짝짝짝짝!

"축하드려요, 할아버지!"

"로아야, 축하해!"

조선호가 입을 쩍 벌리고서 할 말을 잃었다.

서로아가 그런 조선호를 바라보며 물었다.

"할아버지, 나 그럼 병 나을 수 있는 거야?"

뚝. 뚜둑.

조선호의 눈에서 뜨거운 눈물이 구슬져 흘러내렸다.

"할아버지, 울어요?"

"로아야… 사랑하는 내 손녀 로아야……!"

조선호가 서로아를 품에 안고 펑펑 울었다.

서로아는 그런 할아버지의 등을 고사리 같은 손으로 쓸어

주었다.

"할아버지~ 울면 바보라고 할아버지가 그랬으면서 왜 울

어?"

"바보 맞다. 바보 맞아. 할애비가 바보야. 그래서 우리 로아

가 이렇게 힘들었던 거야. 다 할애비의 업이다."

조선호는 서로아를 더욱 세게 끌어안았다.

그러고서는 한참을 더 울다가 비로소 송하연과 김두찬에게

감사의 인사를 건넸다.

"두찬 청년, 송 작가님. 감사합니다. 정말로 감사해요. 내가

무슨 복을 타고나서 이렇게 귀하신 분들 덕을 보는지 모르겠어요. 이 은혜는 잊지 않을게요. 내가 죽을 때까지 보답하면서 살게요. 우리 로아 살려줘서 고마워요. 고맙고 또 고마워요. 흐으으으."

조선호가 하염없이 울며 바닥에 머리를 조아렸다.

그런 그를 김두찬과 송하연이 얼른 일으켰다.

"이러지 마세요, 할아버지. 저는 아무것도 한 게 없어요. 다 두찬 씨가 한 거죠."

"저도 그냥 사연을 올린 게 전부예요. 인사는 기증자분께 해주세요, 할아버지. 그리고 아무리 감사해도 이렇게 절하고 그러진 마시고요. 몸 둘 바를 모르겠어요."

"고마워요. 고맙습니다. 고마워요."

조선호는 계속해서 고맙다는 말만 반복했다.

서로아가 그런 할아버지를 껴안고서 결국 참았던 눈물을 터뜨렸다.

그 바람에 병실 안에 있던 모든 사람들의 눈물샘이 동시에 터졌다.

김두찬을 보러왔던 간호사들도 소리 없이 눈물을 훔쳤다.

'정말로 기적이야.'

김두찬은 설마 이렇게 빨리 골수 기증 가능자를 찾을 수 있을지 몰랐다.

기증자의 수가 아무리 많아도 환자와 맞는 유전자형을 가진 사람이 나타날 확률은 2만분의 1밖에 되지 않는다.

한데 지금 바로 그 기적이 일어났다.

—행운의 힘, 정말 대단하죠?

로나가 평소보다 침착한 말투로 얘기했다.

'이것도… 내 행운 덕분에 일어난 일이라고?'

—그럼요. 두찬 씨의 손이 닿는 일 모든 곳에 기적과 같은 행운이 벌어질 거예요.

문득 정미연이 떠올랐다.

행운은 그녀에게서 얻은 능력이었다.

그것이 김두찬이 일궈놓은 밭에 좋은 거름이 되어 모든 작물들을 무럭무럭 자라나게 해주고 있었다.

'미연 씨… 고마워요.'

들리지도 않겠지만, 김두찬이 정미연에게 고마운 마음을 전했다.

어느덧 눈물바다가 되어버린 병실에서 김두찬도 같이 기쁨의 눈물을 흘렸다.

\*         \*         \*

오후 5시 반.

태평예술대학의 교문 앞이 시끌벅적했다.

누군가를 기다리듯 주차된 검은색 밴 한 대 때문이었다.

밴을 끌고 온 사람은 플레이 인 소속 6개월 차 매니저 장대 찬이었다.

장대찬은 192㎝의 키에 떡 벌어진 어깨와 근육질의 몸매를 가진 24살의 남자였다.

짧게 자른 스포츠머리에 얼굴은 덩치만큼 우락부락했다. 잘생긴 고릴라를 생각하면 그게 딱 장대찬의 얼굴이었다.

선글라스를 쓰고 운전석에서 내린 장대찬은 김두찬이 나오기를 기다렸다.

이미 낮에 전화를 주고받은 상황이었다.

검은색 가죽바지에 하얀 민소매 티와 가죽 재킷을 걸치고 서 밴 앞에 서 있는 장대찬을 지나가는 사람들이 힐끔거렸다.

그러거나 말거나 장대찬은 오직 김두찬을 놓치지 않기 위해 두 눈을 부릅떴다.

'나오실 때가 됐는데.'

10여 분 정도를 기다린 끝에, 비로소 김두찬이 모습을 드러냈다.

장대찬은 김두찬이 다가오자 심호흡을 하고서 허리를 구십 도로 숙이며 큰 소리로 외쳤다.

"오셨습니다, 작가님! 낮에 전화드린 매니저 장대찬입니다! 앞으로 열과 성을 다해서 이 한 몸 바쳐 두찬 님을 모실 테니 걱정 붙들어 매시면 되겠습니다!"

기합이 빡 들어간 인사에 김두찬이 당황했다.

그리고 김두찬과 함께 하교하던 친구들이 한 걸음씩 뒤로 물러났다.

그만큼 장대찬의 이미지는 강렬했다.

"두, 두찬아. 방금 저분이 매니저라고 한 거 맞지?"

장재덕이 떨리는 음성으로 물었다.

"응, 나도 목소리만 듣고 실제로 보는 건 처음이야."

"어째 좀 살벌하다."

장재덕이 소곤거리고 있을 때 장대찬이 선글라스를 벗었다.

그러자 부리부리하고 날카로운 눈이 드러났다.

"작가님 친구분들 되십니까?"

"그, 그런데요?"

장재덕은 혹시 자기가 말한 걸 들었나 싶어 긴장했다.

한데 장대찬의 반응은 그가 예상했던 것과 전혀 달랐다.

"앞으로도 우리 작가님 잘 부탁드리겠습니다!"

싫다고 하면 살아남기 힘들 것 같아서 장재덕을 비롯한 친구들은 얼른 고개를 끄덕였다.

하지만 그건 명백한 오해였다.

장대찬은 생긴 것에 비해 온순한 성격이었다.

지금도 아직 매니저 일에 익숙해지지 않아 긴장한 탓에 텐션이 올라간 것뿐이다.

"작가님, 어서 타시죠. 회사까지 모시겠습니다."

"아, 네. 고마워요, 매니저님."

김두찬이 밴에 올라타자, 장대찬이 밴을 몰아 교문 앞을 떠났다.

그 광경을 지켜보던 장재덕 일행이 혀를 내둘렀다.

"와… 이제는 진짜 연예인이구나, 두찬이."

감탄을 하는 그들의 곁을 한 여인이 지나치고 있었다.

연기과 2학년 예지우였다.

그녀의 손에는 책 한 권이 들려 있었는데 다름 아닌 몽중인이었다.

어제 출간된 책을 벌써 3분의 2나 읽은 그녀였다.

하도 주변에서 김두찬, 김두찬 하기에 궁금해서 산 책인데, 한 번 읽기 시작하니 눈을 뗄 수가 없었다.

정신없이 책에 빠져 길을 걸어가는데 전화벨이 울렸다.

그녀의 아빠에게서 온 전화였다.

"응, 아빠. 지금 가고 있어요. 네? 싫어요. 나 이제 아빠 영화에는 출연 안 할 거라고 했잖아요. 엑스트라도 싫다니까. 아빠 후광 등에 업고 떴다는 꼬리표 달기 싫어요. 촬영 끝나면 가족끼리 외식이나 해요. 끊을게요."

Liking 45

1억 원의 사나이

인터뷰라는 건 태어나 처음인지라 이만저만 어색한 게 아니었다.

하지만 김두찬을 만난 기자들이 호의적으로 나오며 잘 리드해 준 덕분에 모든 인터뷰를 무사히 마칠 수 있었다.

6시부터 시작되었던 인터뷰가 끝나고 나니 벌써 9시가 훌쩍 넘어가 있었다.

접견실에 홀로 남아 있던 김두찬을 소지원이 찾아왔다.

"안녕하세요, 작가님."

"소 팀장님, 잘 지내셨어요?"

"그럼요. 인터뷰는 어떠셨나요?"

"정신없었죠."

"하하. 그럴 거예요. 그래도 기자들 나갈 때 넌지시 물어보니까 다들 작가님 이미지 좋다고 하던데요. 기사 잘 나올 것 같아요. 컬쳐위크 쪽 특집 기사는 더 기대하셔도 될 거예요. 아, 그리고 맨스큐라고 혹시 아세요?"

"음, 글쎄요."

"남성 잡지책이에요. 여기에서 화보 촬영 제의가 들어왔는데 시간 되면 장 매니저한테 일정 잡아보라고 할게요."

"남성 잡지 화보 촬영이요? 제가요?"

"하하, 뭘 그렇게 놀라세요. 이미 피팅 쪽 일 하시면서 본인 스스로가 얼마나 멋진 모델인지 증명하셨잖아요. 작가님께서 오케이 하시면 촬영 날짜는 작가님 편의에 맞게 조정할 수 있다고 했어요. 촬영 시간은 길어도 두 시간 넘기지 않기로 약속했고요. 아, 페이는 100. 신인 모델에게 주는 것치고는 상당한 수준인데, 어때요?"

두 시간 정도 할애하고 100이면 시급 50이란 얘기다. 대단히 괜찮은 조건이었고, 시간도 많이 잡아먹지 않으니 좋았다.

무엇보다 새로운 경험을 할 수 있다는 게 즐거웠다.

"네. 할게요."

"오케이. 장 매니저한테 전달해 놓을게요. 아, 그리고 오신 김에 사장님께서 한번 뵙자고 하는데. 시간 괜찮겠어요?"

그러고 보니 김두찬은 플레이 인과 계약한 이후 한 번도 이 회사의 대표와 대면한 적이 없었다.

회사까지 찾아와 놓고 얼굴도 보지 않은 채 가버리는 건 예의가 아니었다.

"네. 저도 뵙고 싶었어요."

"알겠습니다. 제가 안내해 드릴게요."

소지원은 김두찬과 함께 사장실로 향했다.

＊　　　＊　　　＊

플레이 인의 사장 정태산은 누군가와 통화를 하고 있었다.

"어, 그래. 김 대표. 프로젝트는 잘 진행되고 있는가?"

통화 상대는 애니메이션 제작 회사 아이 프로덕션의 대표 김태영이었다. 플레이 인은 작년부터 애니메이션 사업에도 투자를 하며 영역을 확장해 나가는 중이었다.

한국의 애니메이션 시장은 아이들을 공략해 캐릭터 사업 쪽으로 밀어붙이면 확실한 캐시카우가 될 수 있다.

하지만 예행연습도 없이 막대한 돈을 투자할 수는 없었다.

해서 기존에 있는 유명한 팬시 캐릭터를 주인공으로 데려와 제작에 들어가는 것이 첫 시도로 안전할 것이라는 결론이 났다.

그런데 상황은 정태산이 생각했던 것처럼 부드럽게 흘러가지 않았다.

―그게… 조금 문제가 생겨서요.

"문제라니?"

―작가가 그만두겠다고 하네요.

"또?"

―하아, 어떻게 좀 방법이 없겠습니까?

"끄응."

정태산의 머리가 지끈거렸다.

벌써 프로젝트를 맡기로 한 작가 넷이 손을 털고 나갔다.

원인은 캐릭터 원작자 유대만에게 있었다.

유대만은 '다로미'라는 깜찍한 다람쥐 캐릭터를 만든 디자이너다.

3년 전 탄생한 다로미는 초등학생들의 사랑을 듬뿍 받아 여러 가지 팬시 용품에 실리면서 묵직한 돈을 벌어주었다.

덕분에 지금은 작은 회사까지 세워 다로미를 더더욱 널리 퍼뜨리는 중이었다. 그러다 정태산과 연이 닿아 다로미를 주인공으로 한 애니메이션 작업에 착수하기로 계약을 맺었다.

한데 유대만의 자존심이 너무나 셌다.

게다가 다로미에 대한 애정이 필요 이상으로 과했다.

그렇다보니 어느 작가가 애니메이션 설정을 잡아와도 전부 마음에 들지 않았다.

해서 몇 번이고 원고 퇴짜를 놓았다.

그 바람에 작가들이 아무리 돈을 많이 줘도 못 해먹겠다며 일을 때려치운 것이다.

상황이 그렇게 되니 애니메이션을 제작해야 하는 아이 프로덕션의 김태영 대표는 돌아버릴 지경이었다.

애니메이션은 어쨌든 1차 텍스트가 나와야 제작이 들어간다. 플레이 인에서 밀어준다고 하니 이미 애니메이션 전문 채널인 애니머스에 언질을 넣었다.

애니머스는 올 12월에 자리 하나가 비는데 26부작으로 준비할 수 있으면 계약을 하자고 했다.

김태영 이사는 별다른 고민 없이 계약을 맺었다.

그때가 2월 초였으니 10달 정도의 여유가 있었다. 빠듯해도 시나리오만 빨리 나와 주면 충분히 제작 가능한 시간이었다.

그런데 그 시나리오 때문에 세 달이 날아갔다.

남은 다섯 달 동안 어떻게든 애니메이션을 만들려면 두 달 안에 시나리오가 전부 나와야 한다.

그래야 방영 시작 전 영상을 3분의 2 정도 만들어놓고, 방영을 하면서 나머지 분량을 만들어 납품하는 식으로라도 펑크를 내지 않을 수 있다.

만약 이 계약이 펑크 난다면 아이 프로덕션의 신용도는 바닥까지 떨어진다.

김태영의 입장에서 그런 일은 절대 없어야 했다.

"후우, 일단 그 문제는 조금 더 생각해 보고 연락 주도록 하지."

─지금 그럴 여유가 없습니다. 어떻게든 오늘 중으로 해답을 만들어야 해요. 일단 제가 회사로 가겠습니다. 시간 괜찮으시면 바로 만나뵀으면 하는데요. 마침 근처에서 미팅을 끝낸 터라 금방 갈 수 있습니다.

김태영의 입장에서는 이제 믿을 게 정태산밖에 없었다.

그의 파워로 애니머스에 돌아가는 상황을 설명하고 아이프로덕션의 사정을 봐달라고 하면 신용도가 곤두박질치는 일은 없을 것이다.

김태영이 무얼 원해서 찾아오겠다는 건지 정태산은 익히 짐작하고 있었다.

그의 입장도 입장이니만큼 정태산은 그의 곤란함을 해결해주어야겠다 마음먹었다.

"알겠네. 사장실로 오게."

─바로 가겠습니다.

김태영의 힘없는 음성을 마지막으로 통화가 끝났다.

"골치 아프구만."

정태산이 관자놀이를 누르며 소파에 앉았다.

그때 또다시 전화벨이 울렸다.

"음?"

발신인을 확인한 정태산이 바로 전화를 받았다.

"무슨 일이냐."

─회사에 계세요?

"회사다."

―잘됐네요.

"잘됐다니? 지금 올 거라는 거냐."

―네, 근처예요.

"꼭 부탁할 게 있을 때만 찾아오는구나."

―피차 바쁘잖아요. 애교 있는 딸이 아니라서 죄송하지만, 아빠한테 물려받은 성격이라 어쩔 수가 없어요.

정태산에게 전화를 건 사람은 그의 딸 정미연이었다.

"그럴 거면 그냥 전화로 말해라."

―이럴 때라도 얼굴 보지 않으면 평생 못 볼 거 같아서요. 다 왔어요, 지금 건물 안이에요.

스마트폰 너머로 들려오는 정미연의 음성이 에코를 넣은 것처럼 울렸다.

"그 말이 꼭 저승사자가 잡으러 온다는 것같이 들리는구나."

정태산은 딸래미가 왜 자신을 찾아오려 하는지 알고 있었다. 필시 그의 아내 서인경과의 사이를 좁히기 위해 수작질을 부리려는 것이리라.

정태산은 한 달 하고 보름 전, 서인경과 크게 싸웠다.

이후로 집에 들어오지도 않고 내외하며 일절 연락을 끊었다.

그는 싸움이 벌어졌을 때 먼저 사과하는 법이 없었다.

늘 상대방이 사과를 해야 속이 풀리는 성격이었다.

한데 서인경은 그와 반대로 속이 너무 좋았다.

정태산이 분개하든 말든 크게 신경 쓰지 않았다.

제풀에 지치면 돌아오겠지 하고서는 평소처럼 지냈다.

그렇다 보니 이 부부는 한 번 싸우면 누가 중간에서 나서지 않는 이상 몇 달 동안 별거 아닌 별거 생활을 하곤 했다.

그런 두 사람에게 화해의 오작교가 되어주는 것이 정미연의 역할이었다.

―저승사자 운운하실 것까지야. 내일 모레 엄마 생일인 건 알죠?

"먼저 사과하기 전까지는 절대 안 들어간다."

이런 식으로 나올 거라는 걸 이미 알고 있던 정미연이었다.

하지만 대면을 하고 나면 늘 이기는 쪽은 그녀였다.

―얼굴 보고 얘기해요. 엘리베이터 탔어요.

통화가 끊어짐과 동시에 노크 소리가 들려왔다.

똑똑.

"누구야."

"사장님, 소 팀장입니다. 김 작가님 모셔왔습니다."

"안으로 모시게."

문이 열리고 소지원과 김두찬이 사장실 안으로 들어섰다.

순간, 김두찬의 얼굴을 본 정태산의 눈이 확 커졌다.

'허어?'

정태산이 속으로 탄성을 뱉었다.

브라운관이나 사진으로만 봤을 때와는 비교도 되지 않을 만큼 대단한 미남이었다.

지금껏 연예 기획사를 키워오면서 숱한 미남들을 만나본 그였다.

하지만 외모 하나만으로 사람을 이렇게나 압도시키는 경우는 처음이었다.

"안녕하세요, 사장님. 김두찬이라고 합니다. 처음 뵙겠습니다."

김두찬이 인사를 건네며 정태산의 호감도를 살폈다. 57이었다. 초면임에도 대단히 높은 수치였다.

한편 정태산은 빠르게 김두찬의 전신을 스캔하고 있었다.

'어느 한 군데 흠잡을 곳이 없어.'

키도 마음에 들었고 덩치도 마음에 들었다.

하지만 무엇보다 얼굴이 가장 좋았다.

모난 곳이 손톱만큼도 없는 완벽한 얼굴이었다. 컴퓨터 그래픽으로 만들어냈다 해도 그처럼 완벽할 순 없을 것이다.

그럼에도 친근함이 느껴졌다. 본래 이 정도로 외모가 완벽하면 거리감이 느껴지기 마련이다.

나와 다른 세상에 사는 사람 같은 괴리 때문이다.

그런데 김두찬을 보면 그와 정반대되는 감정이 일었다.

그게 바로 말로 설명할 수 없는 김두찬의 매력이었다.

'물건이다.'

정태산은 대번에 김두찬이 대단한 인재임을 알아봤다.

그의 입꼬리가 귀까지 말려 올라갔다.

그 광경을 본 소지원이 살짝 놀랐다.

회사에 입사한 이후 단 한 번도 정태산의 그런 미소를 본 적이 없었기 때문이다.

"김두찬 작가님이시구만."

"네."

"일단 앉도록 하지."

정태산의 권유에 두 사람이 소파에 앉았다.

"이렇게 얼굴 보는 건 처음이군."

"더 빨리 찾아뵙지 못해 죄송합니다."

"아닐세. 집필 때문에 바쁜 거 뻔히 아는데 오라 가라 할 수는 없는 일이지. 우리 플레이 인을 파트너로 받아줘서 고맙게 생각하고 있네."

"제가 많은 도움을 받고 있습니다."

김두찬이 진심을 담아 말했다.

정태산은 산전수전을 다 겪은 호랑이 같은 인물이다.

상대방의 말이 진심인지 가식인지 정도는 들으면 알 수 있었다.

그래서 김두찬의 마음이 담긴 담백한 한마디가 마음에 들었다.

"대우받을 만한 사람한테는 해줘야지. 한데 정말 연예인 쪽은 생각이 없는 건가?"

"그렇습니다."

"음… 안타깝군. 한국뿐 아니라 세상을 벌컥 뒤집어놓을 만한 탤런트를 갖고 있는데."

"저는 글이 좋습니다."

"알겠네. 뭐 그쪽으로는 강요하지 않기로 약속했으니 이만하지. 인터뷰는 어땠나?"

"정신없었습니다."

"처음이니 그럴 만도 하지. 그래, 바쁜 사람 오래 잡아둬서는 안 되니, 그만 가보게. 다음에 식사나 한번… 김 작가."

대화를 마무리 지으려던 정태산이 혹시나 하는 얼굴로 김두찬을 불렀다.

"네?"

"혹 시나리오 같은 것도 써본 적이 있나?"

김두찬이 다니고 있는 과가 시나리오극작과다.

학교 과제 때문에라도 습작으로 여러 편을 써봤다.

"아, 네. 그냥 혼자 써본 적은 있습니다."

"애니메이션 시나리오는?"

"애니메이션 쪽은 경험이 없습니다."

"그런가? 그럼 애니메이션 시나리오를 쓰는 건 힘들겠군."

정태산이 씁쓸하게 웃었다.

이를 본 김두찬이 몇 마디를 덧붙였다.

"기본적인 시나리오 작성 요령은 비슷할 테니 크게 무리가 있을 거라고는 생각하지 않습니다. 중요한 건 타깃 연령층과 그들의 관심사를 주제로 어떤 이야기를 끌어낼 수 있느냐 하는 게 아닐까 싶어요."

"그렇지! 그게 가장 중요하지. 그럼 말일세, 혹시……."

정태산이 이번 애니메이션 프로젝트에 관련해서 운을 떼려고 할 때였다.

똑똑.

누군가 사장실 문을 두드렸다.

"들어와."

중요한 얘기를 하려다 김이 빠진 정태산의 목소리가 낮게 가라앉았다.

그의 허락에 문이 열렸다.

김두찬과 소지원의 시선이 열린 문 너머로 향했다.

『호감 받고 성공 더!』 5권에 계속…

# 초대형 24시 만화방

신간 100%, 샤워실, 흡연실, 수면실(침대석), 커플석, 세탁기 완비

## ▪ 시흥 정왕25시점 ▪

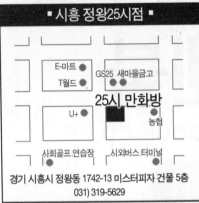

경기 시흥시 정왕동 1742-13 미스터피자 건물 5층
031) 319-5629

## ▪ 강북 노원역점 ▪

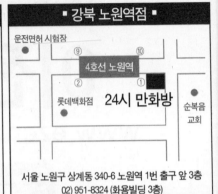

서울 노원구 상계동 340-6 노원역 1번 출구 앞 3층
02) 951-8324 (화용빌딩 3층)

## ▪ 일산 정발산역점 ▪

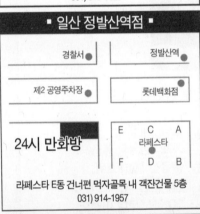

라페스타 E동 건너편 먹자골목 내 객잔건물 5층
031) 914-1957

## ▪ 일산 화정역점 ▪

경기도 고양시 덕양구 화정동 984번지 서일빌딩 7층
031) 979-4874 (서일사우나 건물 7층)

## ▪ 부천 역곡역점 ▪

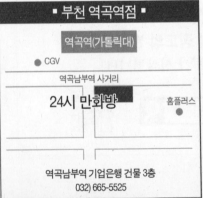

역곡남부역 기업은행 건물 3층
032) 665-5525

## ▪ 부평역점 ▪

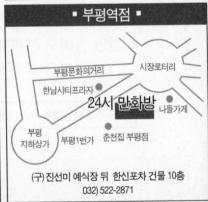

(구) 진선미 예식장 뒤 한신포차 건물 10층
032) 522-2871